Barbara Wenzel-Winter
Die Katze in der roten Baskenmütze

AF286290

Unordnung und Neufindung prägen die Kindheitserfahrungen von Barbara Wenzel-Winter. Flüchtlingskind ist sie gleich im doppelten Sinne: Die Flucht der dem Leben zugewandten und extrovertierten Mutter vor den Russen endet in einem kleinen Gut in Mecklenburg, der zum Geburtsort der Autorin wird. Ihr folgt einige Jahre später die Republikflucht aus Ost-Berlin in den Westen. Auch hier, in der Bundesrepublik Deutschland, führt die Suche nach Existenzsicherung die kleine Familie – Vater, Mutter, Tochter und Großmutter – von einer Durchgangsstation zur nächsten. Überall entstehen Bindungen, die zurückgelassen werden müssen. Was bleibt, sind allerdings nicht allein die negativen Eindrücke der Nachkriegszeit, sondern die Erfahrung, auch die widrigsten Umstände bewältigen zu können und ihnen eine humorvolle Seite abzugewinnen.

In kurzen, meist humorvollen Episoden schildert die Autorin das Alltagsleben in der entstehenden DDR und zu Beginn des sogenannten Wirtschaftswunders der fünfziger Jahre des vergangenen 20. Jahrhunderts.

Barbara Wenzel-Winter

Die Katze
in der roten Baskenmütze

Erlebnisse und Erinnerungen

© 2007 Barbara Wenzel-Winter
Satz und Layout: Buch&media GmbH, München
Umschlaggestaltung: Barbara Wenzel-Winter
Herstellung und Verlag: Books on Demand GmbH, Norderstedt
Printed in Germany
ISBN 978-3-8334-7029-5

INHALT

Das Gutshaus

Ich wurde in eine Zeit der Unordnung und Neufindung, Neuorientierung hineingeboren. Meinen Eltern erging es so wie vielen Menschen seinerzeit: Aufgrund der Kriegswirren fanden sie sich an einem Ort wieder, in den sie durch Zufall geraten waren und den sie zuvor nicht auf der Rechnung hatten. Mein Geburtsort lag in Mecklenburg und hieß Groß-Below. Im engeren Sinne war es gar keine Ortschaft, sondern nur ein Gut dieses Namens samt Häuslerhäuschen, in denen das Gesinde, das Personal des Gutes, lebte. Dieses Gut inmitten großer Felder war landschaftlich sehr schön gelegen. Jedoch hatte seinerzeit wohl niemand ein Auge für landschaftliche Schönheit. Das Gut war jetzt ohne Herrschaft, ohne Leitung, ohne Besitzer. Denn diese hatten sich, wie alle anderen auch, vor den anrückenden Russen aus dem Staub gemacht. Sie waren gen Westen geflohen, hatten das Anwesen mitsamt dem verbliebenen beweglichen Inventar aufgegeben und damit die Nutzung den nachrückenden Flüchtlingen überlassen, unter denen sich meine Mutter, meine Großmutter, meine elfjährige Schwester sowie andere Flüchtlinge aus dem weiter entfernten Pommern und Ostpreußen befanden – eine bunt zusammengewürfelte Gruppe von Menschen, die nicht weiter als bis zu diesem Groß-Below, ihrer vorläufigen Endstation, gekommen waren.

Flucht und Vergewaltigung

Meine Mutter, ihre Mutter und meine Schwester hatten sich aus Hökendorf, einem Vorort Stettins, aufgemacht, das heißt, sie waren vor den russischen Truppen geflohen oder besser vor dem schlechten Ruf, der den Russen vorauseilte. Es ging das Gerücht, dass russische Soldaten auf ihrem Weg in den Westen nicht viel Federlesen mit der deutschen Bevölkerung machten, alte, nicht mehr wehrfähige Männer erschossen oder in Gefangenschaft nahmen, Frauen und Mädchen jeglichen Alters vergewaltigten. Meine Mutter floh mit einem kleinen Handwagen, also mit äußerst leichtem Gepäck. Ihr geräumiges Haus hatte sie mit allem Inventar zurücklassen müssen. Sie kam nicht sehr weit auf ihrem Weg in den Westen. Die russischen Truppen holten die Flüchtenden in Groß-Below ein. Meine Mutter hatte gerade noch Zeit, ihre alte Mutter und ihre kleine Tochter im riesigen Gutsbackofen zu verstecken, der so hoch war, dass man in ihn hineinkriechen konnte, damit diese vor möglichen Gewalttaten verschont blieben. Meine Mutter selbst entging dieser Vergewaltigung nicht. Keiner der russischen Soldaten kam allerdings auf die Idee, in den Backofen zu schauen. Wie oft meine Mutter den obligatorischen, von allen Frauen gefürchteten Satz »Du, Frau, komm!« hören und ihm Folge leisten musste, hat sie mir verschwiegen. Die russischen Truppen blieben, und meine Mutter entschloss sich,

sich mit diesen Männern zu arrangieren. Dies war ihr wichtiger als der relativ kurze Zeitraum der Vergewaltigung, so traumatisch er auch gewesen sein mochte. Es war ihr wichtiger zu überleben und erst einmal dort zu bleiben, wohin ihre Beine sie getragen hatten. Das war eine gute Entscheidung, wie sich bald herausstellten sollte. Meine Mutter betrachtete diese Soldaten, die ein paar Monate in der Nähe des Gutes blieben, nicht als Feinde oder als Kriegsgegner, sondern als Opfer wie sie selbst, eben als arme Schweine. Sie alle, ob nun Deutsche oder Russen, waren in einer Situation, in die sie nicht durch eigenes Verschulden geraten waren, und sie mussten das Beste daraus machen. Nur das zählte.

Die Russen

Das Leben musste weitergehen und das hieß: Man musste für Essen und Trinken sorgen. Da man sich auf einem Gut befand, war man an der Quelle, nur war diese Quelle verlassen und ohne Organisation. Jemand musste dies übernehmen, und da sich niemand anderer für diese Tätigkeit fand, übernahm meine Mutter kurzerhand diese Aufgabe, so gut es ihr möglich war. Sie hatte mit Landwirtschaft noch nie zuvor etwas zu tun gehabt, doch das konnte man lernen. Sie tat es, wenn es ihr auch schwer fiel. Was meiner Mutter jedoch nicht schwer fiel, war der Umgang mit Menschen. Den übrigen Flüchtlingen schien es recht zu sein, dass sie die Führung übernahm. Dies geschah zwar wohl nicht mit Erlaubnis der Russen, aber doch mit ihrer Duldung. Jeder, der das Nachkriegschaos in Grenzen hielt, war ihnen wahrscheinlich recht. Im Übrigen hatte sich meine Mutter durch ihre humorvolle und lockere Art einige der russischen Soldaten zu Freunden gemacht. Ein junger georgischer Soldat namens Schorner lud sie sogar ein, ihn und seine Familie in Georgien zu besuchen.

Für ihre Späße, die sie gelegentlich mit ihren Mitmenschen trieb, brauchte sie ein Publikum. Da kamen ihr diese Russen, auch wenn sie der deutschen Sprache nicht besonders mächtig waren, gerade recht. Egal, wo sie sich befand, sie brauchte eine Bühne für ihre Clownerien, für ihre Ironie und ihren Spott. Natürlich wirkte dieser Spott nicht immer, verfehlte gelegentlich das Ziel. Da gab es die – nennen wir es mal: – Sammelleidenschaft der russischen Soldaten in Bezug auf Armbanduhren. Die Unterarme und Unterschenkel einiger Soldaten waren dicht besetzt mit Armbanduhren, die sie deutschen Frauen und Männern abgenommen, requiriert oder besser gestohlen hatten. Bei spöttischen Einwänden meiner Mutter bezüglich der Nützlichkeit dieses Tuns kam die stereotype Antwort: »Deutsche, nix cultura!« Mit dem männlichen Teil der Besatzungstruppen hatte meine Mutter ein mehr oder weniger leichtes »Spiel«, nicht jedoch mit dem weiblichen Begleitpersonal, den sogenannten »Flintenweibern«. Sie kam mit ihrer Art von Humor bei diesen Frauen nicht an und begegnete ihrerseits dem bedingungslosen, autoritären Machtanspruch der russischen Frauen mit absoluter Verständnislosigkeit. Mit Katja, einer durch und durch von ihren Fähigkeiten überzeugten Russin, hatte meine Mutter besondere Schwierigkeiten. Diese Katja, eine Frau mit starkem Silberblick, aber sehr großem Durchsetzungswillen, jedoch nicht von übermäßiger Intelligenz geplagt, ließ sich trotz aller erdenklichen Versuche meiner Mutter nicht davon abbringen, geschälte Kartoffeln in einer Toilettenschüssel des Gutshauses zu spülen. Der beißende Spott meiner Mutter wäre ihr sicher gewesen, wäre die Russin der deutschen Sprache besser mächtig gewesen. So jedoch begnügte sie sich damit, stille Genugtuung zu empfinden angesichts von Katjas Schwierigkeiten, ihr Vorhaben erfolgreich in die Tat umzusetzen.

Was meine Mutter ebenfalls gerne verhindert hätte, aber nicht verhindern konnte, waren Plünderungen des Gutshauses durch die Flüchtlinge. Sie musste mit ansehen, wie große Spiegel zertrümmert und Orientteppiche in Stücke geschnitten wurden. Jeder wollte seinen eigenen Spiegel oder sein Stück Teppich, und sei es auch noch so klein. Der Mob brach sich Bahn, aber er beruhigte sich auch wieder. Die russische Besatzung zog ab, und die deutsche kommunistische Partei formierte sich. Statt des Ortsgruppenleiters der NSDAP gab es jetzt eine kommunistische Entsprechung. Obwohl meine Mutter Mitglied der NSDAP gewesen war, hatte sie doch kein entspanntes Verhältnis zu Ortsguppenleitern und ihrem autoritären Führungsstil gehabt. Die einen hatten mit Willkür gehandelt, und die neuen Machthaber taten es auch. Alles sollte nun plötzlich im Sinne des neu entdeckten Kommunismus laufen. Es gab tägliche Querelen, Quengeleien und ein Machtgezerre, welches meine Mutter bald leid wurde. Notgedrungen überließ sie den Kommunisten das Feld, sprich: die Leitung des Gutes.

LANDARBEIT

Meine damals elfjährige Schwester besuchte unterdessen die Schule in Bartow, eine Ortschaft in der Nähe des Gutes Groß-Below. Sie musste sich als Flüchtlingskind einreihen in die Gruppe der ansässigen Bauernkinder. Mein Vater, inzwischen von den Briten aus der Kriegsgefangenschaft in Schleswig-Holstein entlassen, schlug sich zu Fuß zu seiner Familie durch. Für ihn als Hochbauingenieur war es nicht leicht, sich als einfacher Landarbeiter auf dem Gutshof zu integrieren. Er gewöhnte sich nie an diese harte, für ihn völlig fremde Arbeit, die alle dort verrichten mussten. Mein Vater war überdies ein äußerst sensibler, keineswegs in sich ruhender Mensch, den solche Unwägbarkeiten wie diese Nachkriegszeit durch und durch verunsicherten. Er hätte den Humor seiner Frau gebraucht, ihren inneren Abstand, um dies alles ertragen zu können.

Landarbeit bedeutete seinerzeit sommers wie winters harte, stupide Arbeit auf den Feldern und in den Ställen. Kaum einer der Flüchtlinge, die es auf dieses Gut verschlagen hatte, hatte vor seiner Flucht in der Landwirtschaft gearbeitet. Die hier Gestrandeten waren zunächst nur Frauen und Kinder. Nach und nach kamen die Männer aus dem Krieg zurück, darunter auch die früheren männlichen Landarbeiter des Gutes. Selbst mit Hilfe der Zurückgekehrten war die Arbeit schwer.

Außer einer Dreschmaschine, die nicht ganz funktionsfähig war, gab es nicht viele landwirtschaftliche

Geräte. Was getan werden musste, wurde meist mit der Hand getan – ob dies nun Säen, Ernten oder Rübenverziehen war. Darüber hinaus wurden Eggen und Pflüge von Pferden oder Ochsen gezogen. Ob es einen Traktor gab, weiß ich nicht. Diese für Ungelernte schwere Arbeit musste getan werden, ohne den Bauch richtig voll zu haben, ohne satt zu sein. Mit anderen Worten: Es wurde gehungert. Jeder musste aufs Feld, also auch meine Schwester. Bedenken, schon Kinder arbeiten zu lassen, gab es angesichts der Not, die herrschte, nicht. Jeder wollte nur ganz einfach überleben. Meine Großmutter mit ihren fünfundsiebzig Jahren wurde dazu vergattert, für die Feldarbeiter zu kochen.

Meine Geburt

In dieses Provisorium wurde ich hineingeboren, in ein behelfsmäßiges Zuhause, denn meine Eltern lebten nun in einem der winzigen Häuslerhäuser des Gutes. Es gab zunächst auch keine Möglichkeit, aus diesem Dilemma herauszukommen. Zurück nach Stettin ging es nicht und nach Berlin, zur Schwester meiner Großmutter, auch nur unter der Bedingung, dass mein Vater dort eine Stellung als Ingenieur fand. In dieser Misere schwanger zu werden, war nicht unbedingt ein Hauptgewinn. Meine Großtante, die elf Jahre jüngere Schwester meiner Großmutter, riet meiner Mutter, mich abtreiben zu lassen. Für meine Mutter kam das trotz aller Schwierigkeiten, die sie zu bewältigen hatte, nicht in Frage. Also erblickte ich am 22. September mittags um halb eins das Licht der Welt. Es war keine leichte Geburt und sie fand, wie seinerzeit üblich, zu Hause statt. Der Ausgang schien für mich zu eng zu sein, die Geburt zog sich hin. Die herbeigerufene Hebamme war meiner Mutter zu zögerlich, also beschloss meine Mutter, die Dinge zu forcieren. Sie verlangte brüllend vor Verzweiflung, aber auch vor Wut, den sofortigen Dammschnitt, wenn die Hebamme nicht wolle, dass das Kind tot zur Welt käme. Die eingeschüchterte Frau kam dem Wunsch meiner Mutter notgedrungen nach und bald danach schlüpfte ich durch die Öffnung, die jetzt groß genug war, nach draußen. Es kam ein Mädchen. Meine

Eltern hatten einen Jungen erwartet und ihm schon im Vorhinein den Namen Kurt gegeben. Sie mussten wohl oder übel umdisponieren und gaben mir die Namen Barbara und Charlotte nach meiner Mutter. Genannt wurde ich allerdings nur »Püppi«.

Es war in mehrfacher Hinsicht schwer, in dieser Zeit des Mangels ein Baby zu haben, denn es gab weder Babykleidung noch Babybettchen noch Kinderwagen zu kaufen. Woher auch und von welchem Geld? Also strickte mir meine Großmutter aus selbst gesponnener Schafswolle Babykleidung. Mein Babybett war ein nach innen geknicktes Kopfkissen, »Schiffchen« genannt. In diesem Schiffchen schlief ich zwischen meinem Vater und in Reichweite der wohlgefüllten Brust meiner Mutter. Selbstverständlich wurde ich bis weit über mein erstes Lebensjahr hinaus voll gestillt, seinerzeit die einzige Möglichkeit, ein Neugeborenes und Kleinkind durchzubringen.

Wurde ich transportiert, so geschah dies nicht mit Hilfe eines Kinderwagens oder einer Sportkarre, sondern auf oder in den Armen eines der übrigen Familienmitglieder.

POCKENIMPFUNG

M it meinem ersten Lebensjahr stand die obligatorische Pockenimpfung an. Meine Mutter fuhr mit mir nach Demmin zum Arzt, den ich angeblich überhaupt nicht mochte und vom Arm meiner Mutter aus sehr argwöhnisch betrachtete. Noch misstrauischer wurde ich, als mir meine Wolljacke ausgezogen und mein rechter Arm frei gemacht wurde.

Der Arzt nahm einen komisch spitzen Gegenstand und bewegte sich auf meinen Arm zu. Er ergriff ihn und ritzte kurz meine Haut am rechten Oberarm ein. Es tat noch nicht einmal richtig weh. Ich nahm meine rechte Hand und wischte energisch die eingeritzte Stelle ab, als wolle ich das, was geschehen war, wegwischen. Dies veranlasste den Arzt lachend zu der Bemerkung: »Na, die ist ja richtig. Die wird mal 'ne ganz Energische.«

SPRECHVERSUCHE

Meine Schwester, bei meiner Geburt vierzehn Jahre alt, war dazu ausersehen, mich in der Gegend herumzuschleppen und mit mir zu spielen, soweit dies ihr Schulbesuch und die Arbeit auf dem Feld zuließen. Es muss für sie nach anfänglicher Begeisterung für das Neugeborene und puppenähnliche Wesen recht lästig gewesen sein. Um mich nicht ständig allein am Hals zu haben, schleppte sie mich mit zu den übrigen Kindern des Gutes. Diese recht handfesten, dem Leben sehr praktisch gegenüberstehenden Landkinder brachten mir ziemlich schnell alle möglichen Schimpfwörter bei, darunter das allseits bekannte und beliebte Wort »Arschloch«. Da es seinerzeit noch nicht Usus war, öffentlich Schimpfwörter aus dem Analbereich zu benutzen, verboten meine Eltern meiner Schwester abrupt den Umgang mit den Übeltätern.

Wenn alle übrigen Familienmitglieder mit Landarbeit in irgendeiner Form beschäftigt waren, beaufsichtigte mich meine Großmutter. Oma war und blieb bis über mein sechstes Lebensjahr hinaus ein stabiler Faktor und Fixpunkt in meinem Leben. Sie erzählte mir Märchen und las mir regelmäßig aus einem woher auch immer organisierten Wilhelm-Busch-Buch vor – und zwar deshalb, weil es in näherer und weiterer Entfernung keine Kinderbücher gab. Bald konnte ich alle Verse und Geschichten auswendig. Dies war meine erste

Begegnung mit Buschs Versen und vor allem mit seinen Zeichnungen, die mich von klein auf faszinierten und später auch inspirierten.

Meine Großmutter, die Mutter meiner Mutter, war keine spektakuläre Person. Sie war klein und ziemlich beleibt, was sie merkwürdigerweise auch in schlechten Zeiten blieb. Sie war friedliebend und nicht gerade die Mutigste, eher ein sehr ängstlicher Typ, was ihr des Öfteren Gallenkoliken bescherte. Oma liebte es nicht, eigene Entscheidungen zu treffen. Darum war sie mehr als froh, so eine entschlussfreudige Tochter zu haben, wie meine Mutter es war. Oma Lieschen, wie sie innerhalb der Familie genannt wurde, hatte zwei Männer überlebt, den Kaufmann Gustav Hagemann und den Bäcker und Konditormeister Reinhold Schmökel. Das Leben hatte sie nicht unbedingt geschont. Zwei ihrer Kinder hatte sie im Kindesalter verloren und zwei halbwüchsige Jungen im Ersten Weltkrieg. Sie fielen zu Beginn des Krieges 1914. Übrig blieb ihr jüngstes Kind, die Nachzüglerin Charlotte, meine Mutter.

Frau Neundorf

In Groß-Below gab es eine Frau, die mich schon mit meinen noch nicht einmal zwei Lebensjahren faszinierte und anzog: Frau Neundorf. Sie war schon älter, so um die 70, und hatte etwas, was andere nicht hatten: eine Körperbehinderung. Sie zog ihr linkes Bein beim Laufen etwas nach. Frau Neundorf hatte auch einen Hühnerstall mit einer Anzahl schöner weißer Hühner. Manchmal bekam ich von ihr ein paar Eier geschenkt. Beides, die Hühner und Frau Neundorf, fand ich so interessant, dass ich meine Schwester immer wieder dazu bewegte, sie mit mir zu besuchen. Wenn wir bei ihr waren, betrachtete ich die alte Frau fasziniert, so dass sie mich eines Tages fragte, warum ich sie so unvermindert anstarre und ob ich vielleicht zu ihren Hühnern wolle. Plötzlich brach es unvermittelt aus mir heraus und ich fragte ganz unbefangen, was ich schon lange auf dem Herzen hatte: »Frau Neundorf, du pumpelst?« Die alte Frau sah mich freundlich, aber völlig verdattert an, weil sie eigentlich etwas anderes erwartet hatte, und antwortete: »Ja, mein Kind, ich humple.«

Alfred und die Dreschmaschine

Spielzeug im herkömmlichen Sinn hatte ich keines. Woher auch? Meine Mutter hatte ja nur das, was sie auf dem Leib trug, und ein paar Habseligkeiten auf die Flucht mitnehmen können. Das ist wohl auch der Grund, weshalb ich ziemlich bald das Zeichnen und Malen entdeckte, eine andere Art des Spielens. Meine ganze Kindheit hindurch war Kreativität gefragt. Ich bastelte mir Spielzeug, statt es mir von meinen Eltern schenken zu lassen. Dies kam schon aus Geldmangel überhaupt nicht in Frage. Um mich, das Kleinkind, herum fand das pralle Landleben statt, mit all der Komik und Tragik, die ein Leben kurz nach dem Krieg unter diesen schwierigen Umständen mit sich brachte. Da gab es Malchen, eine nicht mehr ganz junge Frau, Flüchtling wie meine Eltern, die von Zeit zu Zeit Panik ergriff. Sie glaubte, dieses entsetzliche Leben nicht mehr ertragen zu können, und verkündete lauthals, sie werde sich sofort zu Fuß aufmachen, um das Gut zu verlassen. Sie sagte es jedem, der es hören oder auch nicht hören wollte, machte ihre Ankündigung jedoch nie wahr.

Meine Mutter, die keine Gelegenheit verstreichen ließ, um jemanden zum Besten zu haben, konterte erbarmungslos: »Ja natürlich, Malchen, bis Daberkow kommst du, und morgen sehen wir dich in alter Frische wieder, nicht war?« Daberkow war eine größere Ortschaft, etwa zehn Kilometer von Groß-Below entfernt. Malchen hat den Absprung, soviel ich weiß, nie geschafft.

Alfred Gregorschewski, ein junger Kriegsheimkehrer, machte auf besonders tragische Art von sich reden. Er versuchte im Herbst 1946 die einzige defekte Dreschmaschine zu reparieren. Ich weiß nicht, ob es ihm gelang, die Maschine wieder in Gang zu bringen. Auf jeden Fall skalpierte er sich, als er bei laufendem Gerät den Schneidemechanismus der Dreschmaschine wieder flott machen wollte, und verlor dabei einen Teil seines Haarschopfes. Von diesem Tag an wagte Alfred nicht mehr, sich ohne Russenmütze zu zeigen, eine Pelzmütze mit Ohrenklappen, die er aus russischer Gefangenschaft mitgebracht hatte – eine Gewohnheit, die ihm erst recht den unverhohlenen Spott der übrigen Landarbeiter einbrachte.

Emil, ein anderer junger Mann, den es auf das Gut verschlagen hatte, musste Kühe auf die Weide treiben und wurde von einem weiteren Flüchtling, der den Kuhstall entmisten sollte, rüde angepflaumt, er solle doch gefälligst den Kühen Säcke vor die Ärsche binden, damit seine eben beendete Säuberungstätigkeit nicht wieder mit einem Kuhschiss zunichte gemacht würde. Der Umgangston war bisweilen sehr ruppig, aber ehrlich.

UMZUG NACH BERLIN

Als ich zwei Jahre alt wurde, ging das Leben auf dem Lande für mich erst einmal zu Ende. Mein Vater hatte in Berlin Arbeit als Hochbauingenieur bei der städtischen Be- und Entwässerung gefunden. Zunächst zog er allein nach Berlin, um nach einer Wohnung zu suchen – ein fast aussichtsloses Unterfangen in dieser völlig zerbombten und malträtierten Stadt im Jahr 1950, kurz nach dem Krieg. So fand er zunächst auch nur ein möbliertes Zimmer für sich selbst.

Der Gedanke an die Großstadt übte auf meine Schwester eine unwiderstehliche Anziehungskraft aus. Gerade sechzehn Jahre alt, drängelte sie so lange, bis meine Eltern nachgaben und ihr erlaubten, meinem Vater zu folgen und nach Berlin zu übersiedeln. Meine Schwester sollte, so war es beschlossen, sich dort eine Lehrstelle als Schneiderin suchen. Sie lebte mit meinem Vater zusammen in dem winzigen möblierten Zimmer in der Wohnung eines älteren, nicht sehr toleranten kinderlosen Ehepaares. Es ging nur ein paar Wochen gut. Meine Schwester war diesen alten Herrschaften zu laut und zu temperamentvoll. Keinen Gedanken an ihre Umwelt verschwendend, trampelte sie unbekümmert durch das Treppenhaus. Bald musste sie deshalb ihre Sachen packen und nach Groß-Below zurückkehren. Ihr Ausflug in die Großstadt war erst einmal beendet.

Bald darauf fand mein Vater jedoch eine Zweizimmerwohnung in der Trachtenbrodtstraße am Prenzlauer Berg. Unserer Übersiedelung nach Berlin stand nun nichts mehr im Wege. Ich selbst kann mich an diesen Umzug nur noch sehr schwach erinnern. Meine Eltern packten ihre wenigen Habseligkeiten, organisierten sich einen Lastkraftwagen, der mir riesig erschien, jedoch wahrscheinlich eher klein war. Ich weiß aber noch, dass meine Mutter für mich einen Nachttopf mitgenommen hatte und dass ich während der Fahrt, wenn ich einmal »musste«, daraufgesetzt wurde. Meine Erinnerung an Berlin setzt erst dort richtig ein, als meine Eltern eine größere Wohnung suchten und diese in der Raumerstraße, ein paar Straßen weiter am Prenzlauer Berg, fanden.

DIE NEUE WOHNUNG

Diese Dreieinhalbzimmerwohnung hat bei mir einen unauslöschlichen Eindruck hinterlassen. Ich denke noch heute gern an diese Zeit zurück. Hier, in Ost-Berlin am Prenzelberg, verbrachte ich drei vorwiegend glückliche Jahre, von meinem dritten bis beinahe zum sechsten Lebensjahr. Vor unserem Einzug war die Wohnung Werkstatt und Behausung eines Schneiders gewesen. Nun war sie mein Zuhause und der Ort meiner Abenteuer. Wir zogen mit fünf Personen ein: meine Eltern Alfred und Charlotte, meine Schwester Christa, meine Großmutter Lieschen und ich. Zwischen Ess- und Wohnzimmer befand sich eine Schiebetür, in deren Rahmen mein Vater ziemlich schnell eine Schaukel befestigte. Auf der Loggia, einer von zwei Balkonen, wurde ein Buddelkasten für mich installiert. Und die Krönung des Ganzen: Ich bekam eine Katze, meinen ersten Muzel! Mein einziges Spielzeug war bis dato ein etwas größerer Stoffaffe mit Brille gewesen, den ich des Öfteren kritisch betrachtete und mit dem ich einen schockierenden, aber allseits amüsierenden Dialog zu führen pflegte. Ich schleuderte ihm den Satz »Wie siehst du heute wieder aus?« entgegen, um gleich darauf diese Frage selbst zu beantworten: »Wie ein Arschloch.« Für ein Bonmot war ich in jener Zeit immer gut. Wie mir meine Mutter Jahre später erzählte, hatte ich in Anwesenheit eines befreundeten Ehepaars – völlig schamlos – demonstrativ gegen einen unserer Sessel gespuckt. Auf die Frage, warum ich dies denn täte, hätte ich seelenruhig geantwortet, das sei bei uns so üblich. Worauf die Runde zu meinem Erstaunen in Gelächter ausgebrochen sei.

Es ging uns wirtschaftlich tatsächlich besser, aber das hatte auch eine Kehrseite. Alle, die leitende Positionen in der neu entstandenen DDR bekleideten, wurden innerhalb der sozialistischen »Umerziehung« zu täglichen Indoktrinationen, also zu innerbetrieblichen Gruppengesprächen, »gebeten«, in denen sie zu beweisen hatten, wie gut sie im sozialistischen Sinne funktionierten. Es war eine tägliche Selbstbezichtigung und eine Art Gehirnwäsche. Die Belastung, die davon ausging, war für meinen Vater so groß, dass er sich trotz der wirtschaftlichen Vorteile, die der gut bezahlte Posten als Ingenieur und Berufsschullehrer für technisches Zeichnen brachte, wohl sehr bald entschied, die für ihn unerträgliche Situation so schnell wie möglich zu beenden.

Ich bekam von seinen Sorgen kaum etwas mit. Mein Leben bewegte sich fast ausschließlich innerhalb unserer Wohnung in der Raumerstraße, die mir riesig erschien. Ich war glücklich, eine Katze zu haben und Spielzeug zu bekommen. Zum ersten Mal in meinem Leben hatte ich einen Teddy, eine Puppe, einen Puppenwagen aus Korb und einen Bauernhof aus Holz. Ein teuer erkaufter Luxus, der nicht von langer Dauer sein sollte. Die Einrichtung unserer Wohnung kam komplett, selbstverständlich auch mit Geschirr und Silberbesteck, von einem Trödler, der die erstaunlichsten Möbel und Gegenstände verkaufte, alle in einem erstklassigen Zustand. Meine Eltern waren überglücklich, eine Wohnungseinrichtung zu erschwinglichen Preisen zu bekommen. Dass sie vom Trödler stammte, war dabei mehr als egal. Angesichts der Zerstörung Berlins durch Luftangriffe war es erstaunlich, dass es überhaupt noch dergleichen zu kaufen gab – und überdies in Ostberlin. Ich bekam allerdings schon mit, dass es meinen Eltern besser ging als je zuvor, denn ich entdeckte die Stelle, wo meine Mutter das Haushaltsgeld aufbewahrte – im Vertiko, welches im Esszimmer stand. Meine Mutter erwischte mich dabei, wie ich das Geld herausnahm und begann, es durchzuzählen oder besser durchzuwühlen. Ich strahlte sie begeistert an und fragte, ob wir jetzt reich wären. Sie antwortete spöttisch wie immer, dass wir selbstverständlich nicht reich seien und ich das Geld nur ruhig wieder zurücklegen solle – es sei unser normales Haushaltsgeld. Ich glaubte ihr kein Wort.

DIE WEIHNACHTSGANS

Ein paar Tage vor Weihnachten klingelte es unvermutet an der Wohnungstür und jemand übergab meiner Mutter eine geschlachtete, gerupfte und ausgenommene Gans. Meine Mutter freute sich über dieses kostbare Geschenk und verfrachtete den Vogel in den Eisschrank in der Küche. Dieser Eisschrank wurde nicht mit Strom, sondern, wie der Name schon sagt, mit Eisblöcken gekühlt, die alle paar Tage von sogenannten Eismännern auf der Schulter zu uns in die Wohnung transportiert wurden. Meine Mutter verstaute den Vogel, ohne genau zu wissen, von wem das nahrhafte Präsent stammte. Meine Eltern vermuteten, die Gans käme aus Groß-Below, von einem wohlmeinenden Gönner, einem unserer ehemaligen Mitstreiter aus vergangenen landwirtschaftlichen Zeiten. Der Überbringer der Gans hatte nicht verlauten lassen, wer der Absender war. Doch dass es sich um ein Geschenk und nichts anderes handeln musste, war für meine Eltern klar. Alle freuten sich auf den Braten und stellten sich auf weihnachtliche Hochgenüsse ein. Ein paar Tage später, die Gans ruhte noch im Eisschrank, klingelte es in den Abendstunden. Draußen standen weitläufige Bekannte meiner Eltern, ein Ehepaar, und verlangten nach ihrer Gans. Es stellte sich heraus, dass unser Eisschrank ungefragt eine Art kostenloser Zwischenstopp für das Geflügel sein sollte. Meine Eltern empfanden dies als perfiden Streich und empfahlen den Weihnachtsgansbesitzern, sich nächstens ihr Geflügel ohne diesen Umweg über unseren Eisschrank zu besorgen.

Von drauss' vom Walde
komm ich her ...

1952 feierten wir das erste Weihnachtsfest in der neuen Wohnung. Oma Lieschen, die mir sehr oft Märchen erzählte, ganz speziell aber Rotkäppchen in immer neuen Varianten, war auch zuständig für Weihnachtsgeschichten und Weihnachtsgedichte. Ich sollte für den Weihnachtsmann ein Gedicht lernen. Oma übte mit mir »Von drauß' vom Walde komm ich her, ich muss euch sagen, es weihnachtet sehr«. Es dauerte nicht lange, da konnte ich es auswendig – das ganze lange Gedicht. Es aufzusagen machte mir kein Kopfzerbrechen, wohl aber die Vorstellung, dies bei der Bescherung am Heiligabend vor dem Weihnachtsmann zu tun. Ich verdrängte den Gedanken daran, so gut ich konnte.

Ein paar Tage vor dem Fest sollte meine Schwester den Weihnachtsschmuck aus dem Hängeboden holen. Der Hängeboden befand sich direkt über dem Badezimmer und war eine Art begeh- oder bekriechbarer Schrank über die ganze Länge des Badezimmers, in dem neben Koffern und allem möglichen Kram auch der Weihnachtsschmuck aufbewahrt wurde.

Für mich hatte der Hängeboden eine besondere Bedeutung, weil ich ihn nicht betreten durfte, da er nur über die Leiter zu erreichen war. Er war für mich tabu – und dadurch natürlich erst recht verlockend! Jetzt, kurz vor Weihnachten, rückte das Ziel meiner Neugier näher, als meine Schwester die Leiter erklomm, die Tür zum Hängeboden öffnete und in ihm verschwand. Ich quengelte so lange, bis sie mir völlig entnervt erlaubte, auf die Leiter zu steigen und in den Hängeboden zu schauen. Es war dunkel dort, und ich sah eigentlich gar nichts oder jedenfalls nicht genug. Von Neugier besessen, kletterte ich hinter Christa her in den Hängeboden hinein. Meine Schwester war im Dunkeln damit beschäftigt, die Weihnachtskugeln zu suchen, und bemerkte mich zunächst nicht. Nachdem sie fündig geworden war, drehte sie sich um und sah, dass ich ihr gefolgt war. Ich erwartete zu Recht Schelte für meine Vorwitzigkeit und wollte sofort den Rückzug antreten. Die Warnung Christas »Pass auf, dass du nicht rückwärts aus der Luke fällst!« kam fast zu spät. Sie konnte mich gerade noch am Arm packen und verhindern, dass ich die Leiter hinuntersegelte. Ihre schnippische Frage »Na? Bist du jetzt zufrieden, hast du gesehen, was du sehen wolltest?« war völlig überflüssig, denn der Hängeboden war alles andere als geheimnisvoll, sondern düster und langweilig.

Heiligabend und die von mir so sehnsüchtig erwartete Bescherung kam heran. Die Schiebetür aus Glas, die Wohn- und Esszimmer trennte, war schon seit Mittag geschlossen. Ich saß auf Oma Lieschens Schoß und bibberte aus Angst vor dem Weihnachtsmann, der bald erscheinen und die Geschenke bringen sollte. Meine Großmutter versuchte mich mit Geschichten abzulenken, aber es gelang ihr nicht. Unruhig rutschte ich auf ihrem Schoß hin und her. Meine Gedanken waren beim Weihnachtsmann, dem ich das Gedicht aufsagen sollte.

Gegen sieben Uhr abends klingelte es an der Haustür. Ich erstarrte, drehte mich ruckartig um und klammerte mich an Oma. Dann ertönte noch eine Klingel. Diesmal viel leiser und zarter als die Haustürklingel. Die Schiebetür wurde geöffnet. Ich wagte kaum, ins Wohnzimmer zu schauen, denn ich vermutete dort den gefürchteten Weihnachtsmann. Stattdessen stand da ein wunderschön geschmückter Weihnachtsbaum mit Geschenken darunter. Ängstlich fragte ich: »Wo ist denn der Weihnachtsmann?« Mein Vater antwortete mit Unschuldsmiene: »Der hat die Geschenke gebracht und ist längst wieder gegangen. Andere Kinder wollen doch heute Abend auch noch ihre Geschenke bekommen.« »Und was ist mit meinem Gedicht?« »Das kannst du uns nach der Bescherung aufsagen, wenn du möchtest.« Mir fiel ein riesiger Stein vom Herzen. Eigentlich hätten alle Anwesenden ihn plumpsen hören müssen. Noch einmal davongekommen! Unendlich erleichtert und mit leuchtenden Augen ging ich ins Weihnachtszimmer und sah mir an, was der Weihnachtsmann gebracht hatte.

DIE PEPERONI

Eines Tages brachte meine Mutter eine ungewöhnliche Frucht oder besser ein Gemüse mit nach Hause. Niemand von uns kannte dieses rote, schmale, längliche Gewächs. Wir betrachteten es alle sehr neugierig. Meine Mutter, immer sehr aufgeschlossen für Neues, hatte sich das Ding beim HO-Gemüsegeschäft andrehen lassen. Alle rätselten, wie man es zubereiten und in einen essbaren Zustand bringen könne. Die Gemüsefrau hatte es Paprika genannt. Meine Mutter ging in die Küche und begann das Gemüse in Streifen zu schneiden, um erst einmal im rohen Zustand davon zu kosten. Sie biss ein kleines Stückchen davon ab. Zunächst schien dieser Bissen ganz normal zu schmecken, doch nach kurzer Zeit verbreitete sich im Mund eine ungeahnte Schärfe.

Meine Mutter verbiss sich jegliche Reaktion auf die Kostprobe und meinte ganz trocken, der Rest der Familie solle doch ruhig auch einmal probieren. Alle, auch ich, kosteten neugierig. Sobald ich das Stück im Mund hatte, begannen meine Zunge und meine Mundschleimhaut zu brennen, als hätte ich Feuer im Mund. Mir schossen die Tränen in die Augen, und ich japste nach Luft. Außer diesem Brennen in meinem Mund konnte ich nichts mehr um mich herum wahrnehmen. Meine Mutter gab mir schnell etwas zu trinken, aber auch das nützte nichts. Es schien eine Ewigkeit zu dauern, bis das Brennen endlich nachließ. Ich schaute den

Rest der Familie restlos bewundernd an, weil ich nicht verstand, wie sie es geschafft hatten, diese Kostprobe relativ unbeschadet zu überstehen, und verfluchte meine Neugier auf dieses dusselige Ding. Heute weiß ich, dass die vermeintliche Paprikaschote eine Peperoni gewesen sein muss. Da weder meine Mutter noch meine Großmutter wussten, wie sie dieses äußerst scharf schmeckende Gemüse in ein bekömmliches Rezept einbauen konnten, wanderte die Schote in den Abfalleimer.

DER KLEINE UNTERSCHIED

Etwa mit vier Jahren entdeckte ich plötzlich den Unterschied zwischen männlicher und weiblicher Anatomie. Ich bemerkte, dass Männer und Jungs irgendwie anders ausgestattet waren als Mädchen. Es begann mich brennend zu interessieren, wie diese Unterschiede aussahen. Seinerzeit hatte ich es nicht gerade einfach mit meinen Nachforschungen, denn es war nicht üblich, sich gegenseitig nackt zu präsentieren. Vielleicht sah ich meine Mutter oder Schwester im Badezimmer gelegentlich während des Waschens, niemals aber meinen Vater. Ich hatte allerdings schon bemerkt, dass mein Vater die Toilette anders benutzte als die Frauen der Familie. Wir Frauen setzten uns hin, und er konnte im Stehen sein Geschäft verrichten. Wie konnte das gehen? Was hatte mein Vater, was der Rest der Familie nicht hatte, damit dieses Kunststück gelang? Zielstrebig ging ich die Sache an. Eines Tages, als ich sah, dass mein Vater in der Toilette verschwand, schlich ich hinter ihm her, öffnete leise die Tür und sah ihn etwas breitbeinig vor der Schüssel stehen. Ich ging auf die Knie, rutschte zu meinem Vater hin und legte mich unter ihn auf den Boden, denn ich wollte beobachten, was er da trieb. Ich muss so einen komischen Anblick geboten haben, dass mein Vater keine Chance hatte, verärgert zu sein, und in Lachen ausbrach. Er fragte mich, was ich unter ihm auf dem Boden zu suchen hätte. Ich antwortete ganz unbefangen, dass ich herausfinden wollte, wie er es schaffte, im Stehen zu pinkeln. Doch mein ganzer Eifer hatte mir nicht viel gebracht. Bei meinem Anblick war meinem Vater sein menschliches Bedürfnis vergangen. Und so hatte ich leider nicht gesehen, warum Mädchen auf der Toilette sitzen müssen und Männer nicht.

Oma Lieschens Geburtstag

Der dreiundachtzigste Geburtstag meiner Großmutter im September 1953 sollte ein ganz besonderer werden. Nichts ließ jedoch darauf schließen. Meine Großmutter Lieschen war ein sehr schlichter Mensch. Sie machte kein Aufhebens um ihre Person und mochte kein Gedöns. Nach ihrem Wunsch sollte alles so normal wie möglich ablaufen. Wir gratulierten ihr, es gab Geschenke, und dann wurde zur Tagesordnung übergegangen. Bis zum Nachmittag, als ihre Schwester Else zum Geburtstagskaffee erschien. Tante Else gratulierte dem Geburtstagskind und bestand seltsamerweise darauf, während der Geburtstagstafel das Radio einzuschalten und den Riassender zu hören. Meine Mutter tat, was Tante Else wünschte, auch wenn sie nicht so recht verstand, warum. Wir saßen bei Kaffee und Kuchen, als eine Wunschsendung begann. Niemand achtete darauf, bis plötzlich aus dem Radio seltsam vertraute Namen ertönten. Alle erstarrten und blickten gebannt auf den holzfarbenen Kasten, aus dem eine weibliche Stimme den Namen meiner Großmutter und den meiner Großtante Else nannte, die ihrer Schwester auf diesem Wege alles Gute für ihr neues Lebensjahr wünschte. Darauf wurde ein von Tante Else ausgewählter Musiktitel für meine Großmutter gespielt. Wir blickten gespannt Großtante Else an, die mit harmloser Miene ihr Stück Kuchen vertilgte, als ginge sie dies alles gar nichts an. Meine Großmutter war, wie zu erwarten, nicht so sehr beeindruckt, der Rest der Familie schon eher. Tante Else musste ganz genau und in allen Einzelheiten berichten, wie sie es angestellt hatte, dass ausgerechnet ihre Gratulation vom Rias gesendet wurde.

Die Schleiereule

Gelegentlich ließ sich meine Schwester durch hartnäckige Quengelei dazu bewegen, mit mir in den Ostberliner Zoo zu gehen. Ich fand alle Tiere toll und betrachtete sie begeistert, aber zurückhaltend. Bei einem Tier jedoch vergaß ich meine Schüchternheit völlig, und das war die Schleiereule. Es handelte sich um ein ziemlich großes, weißes Exemplar. Ich stand vor der Voliere und fragte mich, warum dieser schöne Vogel, den ich sehr mochte, die Augen fest geschlossen hielt. Ich beobachtete das Tier mit gespannter Erwartung, denn ich wollte seine Augen sehen – aber es tat sich nichts. Die Eule schien zu schlafen. Meine Ungeduld wurde von Minute zu Minute größer. Meine Schwester, die an der Schleiereule nichts Interessantes entdecken konnte, wollte mich dazu bewegen, weiterzugehen. Sie nahm meine Hand und zog mich weg. Nichts da! Ich wollte warten, bis die Eule die Augen öffnete, und sträubte mich mit aller Kraft. Es wurde prekär, ich musste die Sache irgendwie beschleunigen. Also rief ich zunächst leise und dann immer lauter: »Eule, mach bitte deine Augen auf! Bitte, bitte, mach sie doch endlich auf!« Zum Schluss brüllte ich fast. Nichts passierte – die Eule schlief unbeeindruckt weiter. Meine Schwester packte mich peinlich berührt an der Hand und zog mich mit Gewalt weiter.

KATER MUZEL

Von allem, was mit Sozialismus zu tun hatte, wurde ich weitestgehend ferngehalten. Der fand nur draußen statt, außerhalb der Wohnung. Kontakte irgendwelcher Art, ob nun mit Kindern oder Erwachsenen, hatte ich nur durch oder über meine Eltern. Dass ich in einen sozialistischen Kindergarten gehen sollte, war nicht vorgesehen. Meine Eltern hatten ziemlich bald beschlossen, mich nicht nach kommunistischem Vorbild erziehen zu lassen.

Meine Schwester fand trotz intensiven Bemühens keine Lehrstelle als Schneiderin, sondern nur eine Stelle als Anlernling (ungelernte Hilfskraft) bei einem Zwischenmeister (einem Schneidermeister, der für größere Betriebe Kleidungsstücke anfertigte). Lehrstellen waren auch in der sogenannten Aufbauphase knapp. Christa sah ihren Traum, Schneiderin und später Modezeichnerin zu werden, dahinschwinden. Sie tröstete sich mit Dietrich, den sie noch in der Trachtenbrodtstraße kennengelernt hatte. Er war sozusagen ein Nachbarsjunge. Ein sehr hartnäckiger, pragmatisch denkender, zielstrebiger junger Mann, der sich nicht abwimmeln ließ – mein zukünftiger Schwager.

Mein Leben lief weiter behütet innerhalb der Wohnung ab. Ich spielte mit Muzel, meiner Katze, die hervorragend Tennisbälle fangen konnte. Muzel war mein Kamerad, den ich aber nicht immer kameradschaftlich behandelte. Gelegentlich packte mich der Teufel, und ich hielt das arme Tier an den heißen Kachelofen. Ich wollte wohl testen, ob der Kater die Hitze des Ofens genauso gut vertrug wie mein Teddy, den ich regelmäßig in der Ritze zwischen Wand und Kachelofen aufbewahrte. Der Kater verkraftete die Temperaturen weniger gut und strafte mich auf seine Art, indem er mir einige ziemlich schmerzhafte Kratzer zufügte. Heulend lief ich zu meiner Mutter, die meine Kratzer zwar behandelte, mich aber, wie es ihre Art war, mit Spott bedachte, statt mich zu trösten. Meine Mutter war keine sehr gefühlsbetonte Frau. Ironie und Spott lagen ihr näher als Zärtlichkeiten und verständnisvolle Worte. Mutter zu sein bedeutete für sie nicht unbedingt, mit ihrem Kind zu spielen oder sich direkt darum zu kümmern, nein, sie war außerordentlich froh, selbst eine Mutter zu haben, die sich ihrerseits um mich kümmern konnte.

KINDER UND DIE WELT

DA DRAUSSEN

Gelegentlich besuchten uns Arbeitskollegen meines Vaters mit ihren Kindern. Es waren ausschließlich etwa gleichaltrige Jungen, mit denen ich nun spielen sollte. Obwohl ich mich in unserer Wohnung auf sicherem Terrain bewegte und eigentlich nichts schief gehen konnte, war ich während dieser Spielstunden meist sehr schüchtern und zurückhaltend.

Einer dieser für mich »organisierten« Spielkameraden nützte diese Schüchternheit und Wehrlosigkeit aus. Sobald er mich sah, griff er mich, riss mich an sich und versuchte mit mir zu tanzen. Dies tat er so ungeschickt und ungestüm, dass wir beide mit Karacho an unserer Wohnungstür landeten. Der Junge zog sich dabei eine Beule am Kopf zu, ich kam mit dem Schrecken davon. Dass seine Suche nach einer »Beule« in der Tür ergebnislos verlief, enttäuschte und verwunderte ihn.

Harald, der fünf Jahre ältere Sohn eines befreundeten Assistenzarztes, besuchte uns nur wegen meiner Schaukel. Die zog ihn magisch an. In seiner Gegenwart war ich weniger schüchtern. Als ich merkte, wie wichtig dem Jungen das Schaukeln war, begann ich ihn zu piesacken. Bevor ich ihn an meine Schaukel ließ, musste er mit mir all das spielen, was mir Spaß machte. Er tat es, ohne sich zu wehren, und ich nutzte meine Machtposition schamlos aus.

Ich hatte nicht oft Gelegenheit, Kinder zu sehen, geschweige denn mit ihnen zu spielen. Dennoch war ich außerordentlich angetan von Kindern, vor allem von kleinen Jungen. Auf einer Einkaufstour, auf die mich meine Mutter mitgenommen hatte, sah ich im HO-Laden um die Ecke einen etwa dreijährigen Jungen, stürzte auf ihn zu und biss ihm begeistert in seine kleine Nase. Ich war sehr erstaunt, dass das Kind meine Begeisterung nicht teilen wollte. Es heulte voller Angst und Schmerz los. Seine Mutter beschimpfte mich als gemeingefährliches Gör, vor dem man andere Kinder schützen müsse. Auch meine sonst so humorvolle Mutter sprach entsetzt auf mich ein und hatte keinerlei Verständnis für mich. Ich stand da wie ein begossener Pudel und verstand die Welt nicht mehr.

Ich ging fast täglich mit meiner Mutter zum Einkaufen und fand diese Einkaufstouren auch mehr oder weniger interessant, denn ich bekam gelegentlich etwas geschenkt. Mal war es eine abgebrochene Blüte im Blumengeschäft, mal eine Kleinigkeit in einem anderen Geschäft. Nur einen Laden hätte ich gerne gemieden: das Gemüsegeschäft. Die Gemüsefrau, Leiterin des Ladens, war eine sehr resolute, strenge Frau, die mich regelmäßig nach meinem Betragen fragte, wie es seinerzeit Kindern gegenüber so üblich war. Mir jedoch graute davor, denn mit einer besonders fiesen Art von Humor, den ich überhaupt nicht teilen konnte, setzte sie hinzu, wenn ich nicht artig sei, würde sie dafür sorgen, dass ich nach Sibirien abtransportiert würde, wie alle unartigen Kinder, und dort nur rohe Heringe zu essen bekäme. Fortan hatte ich eine solch panische Angst vor dieser Frau, dass ich ihren Laden nicht mehr betreten wollte und auch meine Mutter daran zu hindern versuchte, indem ich weinte oder sie mit aller Kraft vorbeizog, was mir aber meist nicht gelang. Meine Mutter schien den Humor dieser wenig empfindsamen Frau zu teilen, denn sie tat nichts gegen ihre verbalen Übergriffe, sondern nahm sie scheinbar als unabänderlich hin.

17. JUNI

Ins Frühjahr 1953 fiel der später als 17. Juni bekannt gewordene Arbeiteraufstand und der damit verbundene Generalstreik. Der Prenzlauer Berg war das Epizentrum des Geschehens. Nur wenige hundert Meter von unserer Wohnung entfernt liefen die Demonstrationen und die Panzeraufmärsche als Gegenreaktion der Russen ab.

Für uns, die wir nicht direkt betroffen waren, waren vor allem der Generalstreik und das Abstellen von Trinkwasser, Strom und Gas von Belang. Ich erinnere noch sehr genau, dass meine Mutter unsere Badewanne randvoll laufen ließ und auch sämtliche Schüsseln und Eimer mit Wasser füllte, denn niemand wusste, wie lang der Generalstreik andauern würde. Gas und Strom konnten nicht gehortet werden, wir mussten eben für die Dauer des Streiks ohne diese beiden Energiequellen auskommen.

Für mich waren diese ungewöhnlichen Dinge, die um uns herum passierten, außerordentlich interessant und spannend. Ich verband keinerlei Angst oder Unbehagen mit dem, was da geschah. Es war eine Möglichkeit, über den normalen Alltag hinaus etwas zu erleben. Meine Mutter hingegen hatte große Sorge, ob es ihr gelingen würde, ihre Schäflein – sprich: meine Schwester und meinen Vater – nicht mit den bedrohlichen Ereignissen in Berührung kommen zu lassen. Wie sie es machte, weiß ich nicht, aber sie schaffte es, beide nach Hause in die relativ sichere Wohnung und damit aus der Gefahrenzone zu bugsieren, bevor die Ereignisse auf den Straßen um uns herum eskalierten. Wir alle überstanden diesen Tag auf jeden Fall körperlich unbeschadet.

FLUCHTPLANUNG

Nicht sehr lange nach unserem Einzug in die neue Wohnung beobachtete ich eine seltsame Veränderung im Verhalten meiner Eltern. Sie beschworen mich, nicht zu laut und unbefangen außerhalb unserer Wohnung zu sprechen. Sie meinten, wir seien von »Spitzeln« umgeben, und die seien überall. Man wisse nicht genau, wer ein Spitzel sei, jedoch könnten sich auch einige unter unseren Nachbarn innerhalb des Mietshauses befinden. Ich begriff nicht so recht, was das alles bedeutete, aber ich verstand, dass ich leise sprechen sollte, wenn wir die Wohnung verließen. Meine Eltern hatten beschlossen, wie es so schön hieß, Republikflucht zu betreiben, sie wollten illegal die Deutsche Demokratische Republik verlassen. Da es legal nicht ging, hatten sie ein verständliches Interesse daran, dass ihre Vierjährige dieses Vorhaben nicht unachtsam ausplauderte und somit zunichte machte. Deshalb wurde mir alles, was mit den Fluchtplänen zusammenhing, erst einmal verschwiegen. Ich ahne erst heute, welch große Belastung es für mich gewesen sein muss, imaginäre Feinde um mich herum zu vermuten und mir jedes Wort, das ich sagte, genau zu überlegen.

Inzwischen war meine Schwester Christa schwanger. Sie bekam ein Kind von Dietrich. Diese Tatsache komplizierte das Vorhaben meiner Eltern erheblich. Nicht nur, dass zwei Halbwüchsige ein Kind bekamen, was an sich schon problematisch genug war, nein, die beiden waren auch nicht verheiratet und Dietrich steckte mitten in der Ausbildung zum Feinmechaniker bei Osram. Meine Schwester sollte, so war es ursprünglich geplant, mit uns die Flucht in den Westen antreten. Jetzt weigerte sie sich mitzukommen. Stattdessen wollte sie Dietrich heiraten und in Ermangelung einer eigenen Wohnung zu ihren Schwiegereltern in die Zweizimmerwohnung in der Trachtenbrodtstraße ziehen. Christa, die immer ihren eigenen Kopf gehabt hatte, setzte alles, was sie sich vorgenommen hatte, in die Tat um. Im August 1953 heiratete sie ihren Dietrich trotz des Widerstandes meiner Eltern.

DER ANTRITTSBESUCH

Dietrich betrachtete ich vom ersten Augenblick als meinen persönlichen Feind. Er war ein ernst zu nehmender Konkurrent, der vorhatte, mir meine Schwester wegzunehmen. Ich hasste ihn dafür tief und war so verzweifelt und wütend, dass ich mir einmal, als Dietrich meine Schwester besuchte, aus Trotz ein großes Loch in mein Sommerkleidchen schnitt. Diese »Attacke« ging natürlich nach hinten los. Ich bekam für meine Tat ganz gehörig den Marsch geblasen. Das Kleid war nicht zu flicken und musste schließlich weggeworfen werden. Anders als heute war es seinerzeit nicht leicht, ein Kinderkleid zu ersetzen.

Nun hatte ich trotz der großen Liebe, die ich für Ditta (wie ich meine Schwester nannte) empfand, nicht immer ein entspanntes Verhältnis zu ihr. Dies hatte wohl damit zu tun, dass sie so viel älter war als ich und ich sie mitunter eher als jüngere Mutter denn als Schwester betrachtete. Ditta konnte wild, unberechenbar, stur wie ein Esel und gelegentlich unversöhnlich, auch nachtragend sein. Ich liebte sie abgöttisch so, wie sie war.

Nach einigem Hin und Her und hochnotpeinlicher Befragung Dietrichs seitens meiner Eltern, die sich nicht ganz kampflos mit einem so jungen, unbedarften und noch nicht mündigen Schwiegersohn zufrieden geben wollten, wurden wir alle zu Christas zukünftigen Schwiegereltern, Bruno und Emmi, eingeladen. Es gab Kaffee und Tortekuchen, wie ich Buttercremetorte seinerzeit nannte. Den größten Teil dieses Besuchs verbrachte ich unter dem Kaffeetisch, weil das interessanter war, als den langweiligen Gesprächen der Großen zuzuhören. Ich kam nur an die Oberfläche, um mein Stück Tortekuchen zu verspeisen. Der schmeckte mir so gut, dass ich meine Mutter fragte, ob ich mehr haben könne.

Meine Mutter verwies mich an Schwiegermutter Emmi, eine sehr freundliche und nachgiebige Frau, wie ich glaubte. Ich ging zu ihr in die Küche und fragte sie nach einem zweiten Stück Torte. Sie antwortete, es sei nichts mehr übrig geblieben. Ich hingegen hatte die Torte längst hinter irgendeinem Küchenutensil entdeckt, deutete eifrig auf den versteckten Kuchen und sagte: »Schwiegermutter, dort ist doch noch ein Stück.« Wohl oder übel musste sie den Kuchen herausrücken.

HOCHZEIT
MIT HINDERNISSEN

Die Hochzeitsvorbereitungen waren absolut faszinierend für mich und ich vergaß, dass sie nur dazu dienten, meine Schwester an diesen Dietrich abzutreten. Ich durfte zuschauen, als Ditta sich ihr Hochzeitskleid nähte, aus weißem Baumwollkrepp mit großen roten aufgedruckten Mohnblumen. Passend dazu färbte sie sich ihre schwarzen hochhackigen Pumps weiß, und als Kopfschmuck nähte und bastelte sie sich eine weiße Haarspange mit Tüll. Auch eine passende Handtasche fertigte sich Christa selbst an. Ich bewunderte meine Schwester zutiefst für diese Fertigkeiten und wollte dies alles eines Tages auch können. Ein paar Tage vor der Hochzeit begann es hektisch zu werden. Mutter, Oma und Christa backten eine Menge Kuchen und Torten. Ich kostete von jedem Teig so lange, bis mir hundeelend war und ich mich mehrfach übergeben musste. Ganz grün im Gesicht wurde ich ins Bett verfrachtet. Ich hatte mir gründlich den Magen verdorben, und noch einen Tag vor dem großen Ereignis war nicht sicher, ob ich an der Trauung würde teilnehmen können.

Die kirchliche Trauung fand – wider Erwarten mit mir – im August 1953 in der evangelischen Kirche um die Ecke statt. Der Schwiegervater meiner Schwester hatte auf einer kirchlichen Zeremonie bestanden, und meine Eltern fügten sich, warum auch immer. Zuvor musste allerdings die Braut noch konfirmiert und ich, die kleine Schwester, getauft werden. Der Krieg hatte sowohl meine Taufe als auch Christas Konfirmation zur Nebensache werden lassen. Das nackte Überleben war wichtiger als ein christliches Ritual. Beides wurde auf Wunsch von Schwiegervater Bruno nachgeholt. Er war Buchhalter in einem Ostberliner Verlag, ein schlichter, aber hartnäckiger und zielstrebiger Mensch. Die kirchliche Trauung und meine Taufe hatte er zur Bedingung für eine Heirat seines Sohnes mit meiner Schwester gemacht.

Nach ein paar Konfirmandenstunden beim Gemeindepfarrer wurde Christa mit achtzehn Jahren und im vierten Monat schwanger konfirmiert. Als sie von einer dieser Unterrichtsstunden nach Hause kam, bestürmte ich sie ganz aufgeregt, ob sie den lieben Gott gesehen hätte. Ich war überzeugt davon, da doch wohl nur er persönlich sie unterrichtet haben konnte. Kurz nach Christas Konfirmation wurde ich getauft. Ich war zwar ein sehr schüchternes, aber nichtsdestotrotz ein sehr neugieriges und phantasievolles Kind und fand die Aussicht, getauft zu werden, toll. Genau wie bei Christas Konfirmation war ich auch bei meiner Taufe davon überzeugt, dass der liebe Gott sie persönlich vornehmen würde. Der Pfarrer, der die Zeremonie durchführte, hatte einen langen weißen Bart. Das passte haargenau, so stellte ich mir den lieben Gott vor. Ich verfolgte mit Inbrunst jede seiner Bewegungen und war selig …

Bei den Hochzeitsfeierlichkeiten waren diverse Verwandte sowohl der Braut als auch des Bräutigams anwesend. Die vielen fremden Menschen schüchterten mich ein und ich verkroch mich hinter meiner Mutter. Jemand drückte mir in der Kirche das Textblatt mit den Gottesdiensliedern in die Hand. Ich hielt das Blatt verkehrt herum vor mein Gesicht, denn ich konnte mit meinen vier Jahren noch nicht lesen, und sang begeistert mit, ohne zu wissen, was ich da sang. Nach der Hochzeitsfeier, die bei uns zu Hause stattfand, wurde ich völlig übermüdet von all den neuen Eindrücken ins Bett gebracht. Christa kam noch einmal zu mir, um sich von mir zu verabschieden und mir gute Nacht zu sagen, denn sie zog nach der Hochzeit zu ihren Schwiegereltern. Dies war ihr letzter Tag bei mir und meinen Eltern gewesen. Jetzt wurde es ernst, das begriff ich. Ich weinte herzzerreißend und war abgrundtief verzweifelt, dass mir meine Ditta genommen wurde – von diesem Dietrich! Ich glaubte, sie sei für mich für immer verloren.

Stürze und andere

»Unfälle«

Meine Schwester fehlte mir zwar sehr, aber seit ich wusste, dass sie ein Kind bekam, freute ich mich unbändig auf das Erscheinen dieses kleinen Wesens. Ich hatte es schon »adoptiert«, bevor es geboren war, und zu meinem Schützling gemacht. Etwa in der Mitte von Christas Schwangerschaft bemerkte ich eine Veränderung in ihrer äußeren Erscheinung. Ich konnte mir nicht helfen, aber irgendwie hatte ich den Eindruck, dass Christa dicker wurde. Ich fragte sie, warum sie einen dicken Bauch bekäme. Die lapidare Antwort war, dies käme von zu reichlichem Kartoffelessen. Das hätte sie nicht sagen dürfen, denn jetzt begann ich sie zu beobachten und stellte fest, dass irgendetwas nicht stimmen konnte. Christa aß keineswegs größere Mengen als zuvor, schon gar nicht zu viele Kartoffeln. Bei der nächsten Gelegenheit berichtete ich ihr von meinen Beobachtungen. Ich bohrte so lange, bis meine Mutter sich einschaltete und den wahren Grund des gerundeten Bauches verriet. Meine Familie hatte sich schon etwas dabei gedacht, mir die Schwangerschaft zu verschweigen, denn nun bombardierte ich sowohl Christa als auch meine Mutter mit Fragen, die ihnen, wie ich wohl merkte, äußerst unangenehm waren. Meine Mutter machte einen waghalsigen Vorstoß und erklärte mir: »Kinder kommen aus dem Bauch der Mütter.« Es war zu dieser Zeit ein Wagnis, einem vierjährigen Kind die Wahrheit zu erzählen und es nicht mit der seinerzeit gebräuchlichen Geschichte vom Klapperstorch abzuspeisen. Aber meine Mutter hätte es schwer gehabt, mir angesichts von Christas Zustand solche Märchen aufzutischen, ohne bohrende Fragen meinerseits zu provozieren. Mir selbst sollte das fortschrittliche Wissen in puncto Aufklärung etwa zwei Jahre später noch Schwierigkeiten bereiten.

Die Schwangerschaft hatte meine Schwester nicht von Beginn an in Begeisterung versetzt. Sie geriet in Panik und versuchte mit höchst ungeeigneten Mitteln, den ungewollten Zustand zu unterbrechen und das Kind wieder loszuwerden. In ihrer Verzweiflung stieg sie auf den Küchentisch und sprang herunter. Etwas später stürzte sie sich im Treppenhaus mehrere Stufen hinab. Es passierte nichts weiter, als dass sie sich eine größere Anzahl blauer Flecken zuzog. Zu dieser Zeit wusste außer ihr selbst noch niemand von ihrem Zustand. Meine Mutter, die etwas später von meiner Schwester ins Vertrauen gezogen wurde, versuchte Christa zu beruhigen. Und tatsächlich gelang es ihr, Christa von ihrem Vorhaben, das Kind abzutreiben, abzubringen.

Wie gesagt: Ich freute mich sehr auf dieses Kind. Ob es nun ein Junge oder ein Mädchen werden würde, war mir schnuppe. Ansonsten lief für mich alles seinen gewohnten Gang. Abwechslung bot mein Kater Muzel. Er spielte – wie wir glaubten, ohne Erfolg – Fischefangen in unserem Aquarium. Muzel hielt nicht nur seine Pfote, sondern das ganze Bein ins Wasser. Dass er dabei nass wurde, war ihm egal. Muzel widmete sich ausdauernd dieser Tätigkeit, bis er von uns erwischt und vertrieben wurde.

Bei einem seiner Fangversuche muss es ihm wider Erwarten gelungen sein, einen Zierfisch aus dem Wasser zu katapultieren, denn wir entdeckten eines Tages auf dem Parkettfußboden nicht weit vom Aquarium entfernt ein seltsames Muster. Beim näheren Betrachten stellte sich heraus, dass es sich um einen platt getretenen Zierfisch handelte.

Gelegentlich langweilte ich mich trotz meines Spielzeugs und meines Katers Muzel entsetzlich. Mich packte die Abenteuerlust. Was würde passieren, wenn ich auf den Küchentisch steigen und mir die Küche mal aus einer anderen Perspektive anschauen würde? Ich schlug alle Warnungen meiner Mutter in den Wind und passte einen geeigneten Moment ab. Er kam, als meine Großmutter in ihrem Zimmer schlief und meine Mutter wegen irgendeiner Besorgung die Wohnung verlassen hatte. Ich schlich mich in die Küche und stieg langsam und vorsichtig auf den Tisch. Begeistert sah ich mich um und ließ dabei jede Vorsicht fahren. Irgendwie verlor ich das Gleichgewicht und lag plötzlich auf dem Küchenboden. Ich schrie mörderisch und weinte entsetzlich. Irgendetwas in meinem Mund tat schrecklich weh! Großmutter war durch mein Geschrei aufgewacht und stürzte herbei. Sie untersuchte mich und stellte fest, dass ich mir meine beiden Milchschneidezähne ausgeschlagen hatte. Die Schmach war groß, denn jeder – so glaubte ich – konnte sehen, was ich angestellt hatte. Und jeder würde mich fragen, wo meine Zähne geblieben seien.

Meine Mutter bestrafte mich nicht für mein Abenteuer. Sie glaubte, es sei Strafe genug, mit dieser riesigen Zahnlücke herumzulaufen, bis meine bleibenden Schneidezähne nachwuchsen. Seitdem wurde ich »zahnlose Minka« genannt.

Kurze Zeit nach diesem Vorfall sorgte meine Großmutter für enorme Aufregung. Eines Tages vergaß sie
nach dem Kochen den Gaszufuhrhahn an unserem
Gasherd zu schließen. Wir hatten gerade das Mittag-
essen beendet, und meine Mutter ging ahnungslos mit
einer frisch angezündeten Zigarette in die Küche. Als
sie die Küchentür ein Stück geöffnet hatte, knallte es
ganz unglaublich. Sowohl das Küchen- als auch das
Esszimmerfenster landeten durch die Explosion samt
Fensterrahmen im Hof.

Birgits Geburt

Eines Tages klingelte es an unserer Wohnungstür. Niemand außer mir schien dieses Klingeln gehört zu haben, also setzte ich mich in Gang, um dem Ankömmling die Tür zu öffnen und ihm Einlass zu gewähren. Ich marschierte los, atmete einmal tief durch und öffnete. Draußen stand ein fremder älterer Mann. Ich bat ihn ganz freundlich und zuvorkommend in die Wohnung. So hatte ich es bei meiner Mutter gesehen und fand diese Vorgehensweise deshalb auch ganz natürlich. Der Mann druckste für meine Begriffe ziemlich herum und fragte überflüssigerweise nach meiner Mutti. Auf jeden Fall weigerte er sich, meiner Aufforderung nachzukommen, was mich erstaunte und verwirrte, ja kränkte. In diesem Moment stand plötzlich meine Mutter hinter mir und fragte, was denn los sei. Der Mann vor der Tür wand sich vor Verlegenheit und bat schließlich meine Mutter um ein paar Pfennige. Sie gab ihm das Gewünschte und schloss die Tür. Dann klärte sie mich auf, dass dieser Mann ein Bettler gewesen sei und dass ich den Armen in tödliche Verlegenheit gebracht hätte, als ich ihn in unsere Wohnung bat. Im Übrigen solle ich doch besser ein erwachsenes Familienmitglied um Rat fragen, wenn ich wieder mal meinte, einem Fremden die Haustür öffnen zu müssen.

Eines Tages hatte ich die wagemutige Idee, mit meinen inzwischen fünf Jahren allein zum Bäcker zu gehen und Brötchen zu holen. Der Bäcker befand sich ein paar Häuser weiter, Ecke Raumerstraße/Schönhauser Allee. Stolz, aber innerlich voller Angst kündigte ich mein Vorhaben an. Meine Mutter betrachtete mich zweifelnd, als ich mit dem Geld in meiner kleinen Faust der Haustreppe zustrebte. Kurz hinter der Wohnungstür drehte ich mich noch einmal um und sah meine Mutter unter der Türe stehen, die mir scherzhaft und voller Spott mit dem Zeigefinger drohte und den fürchterlichen Satz sagte: »Geh nicht vom Wege ab!« Genau das hätte sie nicht sagen dürfen. Der Satz stammte nämlich aus dem Märchen Rotkäppchen, das ich schon bestimmt hundertmal von meiner Großmutter erzählt bekommen hatte. Die ganze grausige Geschichte Rotkäppchens rollte blitzschnell vor meinem inneren Auge ab. Nur nicht dem fiesen Wolf begegnen! Ich machte auf dem Absatz kehrt und flitzte in die sichere Wohnung zurück.

Mitte Dezember 1953 setzten bei meiner Schwester einen Monat zu früh die Wehen ein, und meine Nichte wurde geboren. Das Baby war völlig blau angelaufen, und man gab dem kleinen Wesen keine guten Überlebenschancen. Ein Achtmonatskind mit noch nicht voll entwickelten Atmungsorganen hatte damals weniger Möglichkeit durchzukommen als heute mit all der zu Verfügung stehenden Technik. Brutkästen, in denen sogenannte Frühchen reifen konnten, gab es noch nicht.

Indes: Meine Nichte, die den Namen Birgit bekam, überlebte. Ab sofort war ich nicht mehr die Jüngste in der Familie. Weil man meinte, ein Kind hätte nur gut beleibt, also moppelig, eine reale Überlebenschance, wurde ihr die Nahrung nach Art der Stopfgänse einverleibt. Ich staunte, welch riesige Mengen dieses winzige Wesen schlucken konnte und musste.

Bald stellte sich heraus, dass die Muttermilch meiner Schwester nicht ausreichte. Es wurde zugefüttert mit einer Mischung aus Kuhmilch, Zwieback und süßer Sahne. Ich durfte des Öfteren bei diesem Ritual anwesend sein. Zunächst betrachtete ich das Ganze mit großem Interesse, bald jedoch mit absoluter Eifersucht. Warum bekam dieses Baby so viel Aufmerksamkeit und warum durfte es diesen Milchbrei essen und ich nicht? Es war nicht so, dass ich nicht alles für dieses kleine Wesen getan hätte, nur wurde ihm meiner Meinung nach entschieden zu viel Zuwendung zuteil. Ich war so eifersüchtig, dass ich nach dem Stillen meine Schwester in die Brustwarze biss. Merkwürdigerweise erreichte ich das genaue Gegenteil von dem, was ich hatte erreichen wollen. Christa war verständlicherweise so wütend, dass ich für Wochen nicht an der Babyfütterung teilnehmen durfte. Trotz aller Eifersucht war dies auch mein Kind, das ich notfalls mit Zähnen und Krallen verteidigen würde, selbst den eigenen Eltern gegenüber.

Christa und Dietrich hatten die Angewohnheit, gelegentlich abends zum Tanzen oder ins Kino zu gehen. Ihr Kind brachten sie dann zu uns zum Babysitten. Bei einer dieser Gelegenheiten schrie meine kleine Nichte unverhältnismäßig hartnäckig und ließ sich nicht beruhigen. Mein Schwager geriet in Wut über das brüllende Hindernis, das ihm den Abend versauen wollte. Er packte sein Kind und schüttelte es kurz, als wolle er den Grund des Brüllens aus ihm herausschütteln, und schrie nun seinerseits den Schreihals an.

Das hätte er nicht tun dürfen! Ich baute mich mit meinen fünf Jahren vor ihm auf, ballte meine kleinen Fäuste, sah ihm gerade in die Augen und sagte völlig ruhig: »Wenn du dieses Kind noch einmal anfasst, bekommst du es mit mir zu tun.« Ich meinte es todernst und Dietrich begriff das – trotz der sechzehn Jahre Altersunterschied zwischen uns.

Die »andere« Bärbel

Mit Christas Heirat bekamen wir mit einem Schlag eine Menge neue Verwandte hinzu, darunter auch die Tochter von Dietrichs Cousine Anita. Sie hieß Barbara, genannt Bärbel, genau wie ich, und sie war auch genauso alt wie ich. Dieses Mädchen wurde von uns »die andere Bärbel« genannt. Ich fand es ziemlich befremdlich, eine Namensvetterin zu haben, die auch noch in meinem Alter war und mit der ich jetzt verwandt sein sollte. Das schmeckte mir gar nicht. Mir konnte es zwar egal sein, dass es sie gab, wenn sie mir nur schön von der Pelle blieb. Aber so sollte es nicht sein. Denn meine Eltern meinten wieder einmal, es könne mir guttun, eine Spielkameradin zu bekommen. Also machten sie sich aus Anlass irgendeines Geburtstages mit Christa, Dietrich, der kleinen Birgit und mir auf den Weg zu Dietrichs Cousine.

Ich beäugte diese »andere Bärbel« misstrauisch. Eigentlich sah sie ganz normal aus, etwas frech vielleicht, aber sonst ganz okay. Es war zunächst nichts Unsympathisches an ihr zu entdecken. Wir beiden Kinder wurden nach der Kaffeetafel ermuntert, miteinander zu spielen. Also trottete ich hinter der anderen Bärbel her zu ihrer Spielecke, denn ein eigenes Zimmer hatte dieses Mädchen genauso wenig wie ich.

Sie war aber, wie ich zu meinem größten Erstaunen bemerkte, spielzeugmäßig viel besser ausgestattet als ich. Sie hatte nicht nur eine Puppe, nein, dazu auch noch ein Puppenschränkchen mit Puppenkleidern und ein kleines Puppenservice: kleine Tassen und Teller und eine Kaffeekanne aus geblümtem Porzellan. Ich hockte völlig verdattert auf den Knien und betrachtete diese tollen Schätze. So etwas hatte ich noch nicht gesehen, hatte nicht einmal gewusst, dass es so etwas gab. Nach anfänglichem Beschnuppern begannen wir beiden Mädchen miteinander Mutter und Kind und Kaffeetafel zu spielen. Eine Weile lief es ganz gut, bis wir uns darüber in die Wolle gerieten, wer den Puppen den »Kaffee« eingießen durfte. Sie wollte mich ihr kostbares Puppengeschirr nicht anfassen lassen. Ich schnappte mir trotzdem eine Tasse, griff aber aus Angst, das Falsche zu tun, nicht richtig zu, sodass die kleine Tasse auf dem Fußboden landete und zerbrach. Ich bekam einen riesigen Schreck und starrte entsetzt auf das, was ich angerichtet hatte. Ich wusste gar nicht, wie mir geschah, plötzlich befand ich mich mit dem Mädchen in einem Handgemenge. Wir prügelten uns und machten wohl einen ziemlichen Lärm, denn unsere Mütter kamen sofort angerannt und trennten uns.

Meine Mutter entschuldigte sich vielmals für meine Ungeschicklichkeit und bezahlte Dietrichs Cousine den durch mich entstandenen Schaden. Sie nahm das Geld, ohne mit der Wimper zu zucken, an. Nicht lange nach diesem Eklat verließen wir das Fest. Ich war zwar geknickt, weil ich die Tasse hatte fallen lassen, aber trotzdem wütend auf diese dumme Göre, die sich so angestellt und sich geweigert hatte, mich mit ihrem blöden Puppengeschirr spielen zu lassen. Ich hatte also Recht gehabt mit meiner Vorahnung.

DER DROHENDE FINGER

Von der Existenz Birgits war ich vollkommen begeistert. Für mich war sie eine Art großer Puppe. Zwar durfte ich sie nicht allein auf den Arm nehmen und auch nicht Mutter und Kind mit ihr spielen. Aber ich konnte sie gelegentlich spazieren fahren oder durfte meiner Schwester helfen, sie auszufahren. Dann war sie für kurze Zeit mein Kind, und ich war unglaublich stolz. Genauso stolz war ich, wenn ich auf Birgit im Kinderwagen aufpassen durfte, während meine Schwester kurz in einem Geschäft verschwand, um etwas einzukaufen.

Erfüllt von meiner eigenen Wichtigkeit, stand ich vor dem Geschäft und wartete, den Griff des Kinderwagens umklammernd, auf meine Schwester, die sich ziemlich viel Zeit ließ. Stattdessen kam eine Gruppe älterer Jungen vorbei, die ziemlich frech und dreist wirkten. Sie wollten neugierig in den Kinderwagen schauen. Ich erstarrte. Was sollte ich tun? Durfte ich den fremden Kindern Birgit zeigen? Eigentlich hatte ich gar keine Lust dazu. Aber wie konnte ich es verhindern? Im Grunde wäre ich gerne rabiat vorgegangen und hätte die Jungen weggeschubst, wenn nötig sogar Schläge ausgeteilt. Da fiel mir Gott sei Dank die Ermahnung ein: »Mädchen prügeln sich nicht!« So etwas dufte nicht vorkommen, und außerdem hätte ich dabei ja auch den Kürzeren ziehen können.

Was tat ich also in meiner Not? Ich streckte meinen kleinen Zeigefinger in die Höhe und drohte: »Wenn ihr dem Baby zu nahe kommt, passiert was!« In dem Moment kam zum Glück meine Schwester aus dem Geschäft. Sie hatte mich noch im letzten Moment gerettet. Ich musste meine Drohung nicht wahr machen. Die Jungen hatten sich unterdessen schon längst verkrümelt.

Reise nach Stralsund

M eine Mutter war nicht das, was man ein Haus-
mütterchen nennt. Sie brauchte des Öfteren
Abwechslung und Abstand vom Familienbetrieb. Gelegentlich trieb es sie von der Familienbühne auf einen Schauplatz außerhalb des täglichen Einerleis. Sie
beschloss, mit mir im Schlepptau ihre beste Freundin
Gerdi in Stralsund zu besuchen, die dort mit Mann und
Kindern in einem Einfamilienhaus lebte. Man besuchte
sich seinerzeit über Wochen, ohne Gedanken an mögliche Unterbringungsschwierigkeiten zu verschwenden.
Es war einfach Usus, und diese Gewohnheit reichte
weit in die 6oer-Jahre hinein. Um die Reise überhaupt
antreten zu können, musste meine Mutter zuerst eine
behördliche Erlaubnis einholen, die jeder benötigte, der
Berlin in Richtung Umland verlassen wollte. Genauso brauchte man diese Sondergenehmigung, um nach
Ostberlin einreisen zu dürfen. Die nächste Hürde dieser
Reise war die Kontrolle oder besser gesagt das Filzen
durch die Vopos (Volkspolizei). Jeder, der wie auch
immer aus Ostberlin in die übrige DDR aus- oder ein-
reiste, musste sich dieser Gepäck- und Ausweiskontrolle
unterziehen. Auch durfte nicht alles aus der Hauptstadt
ins DDR-Hinterland mitgenommen werden. Was er-
laubt und was verboten war, weiß ich nicht mehr. Es ist
auch unerheblich. Allein dieser Vorgang, der mit Angst
und Einschüchterung verbunden war, ist mir im Ge-

dächtnis geblieben. Nach der akribischen Ausweiskontrolle musste meine Mutter unseren Koffer aus dem Gepäcknetz hieven, öffnen und sämtliche Kleidungsstücke anheben, um die Volkspolizisten darunter blicken zu lassen. Dies hatte schon etwas von Schikane.

Trotz allem: Die Fahrt mit der »Muttemotive«, wie ich seinerzeit die Dampflok nannte, war für mich der Inbegriff des Glücks, denn ich hatte mit meinen vier Jahren noch nie mit einer Eisenbahn fahren dürfen. Schon der Anblick der aus meinem Blickwinkel gigantisch großen, schwarzen, Dampf und Rauch ausstoßenden Lokomotive war unbeschreiblich, und der unverwechselbare Geruch dieses Ungetüms blieb für mich viele Jahre hindurch untrennbar mit Reise und Abenteuer verbunden.

Wie lange die Fahrt dauerte, weiß ich nicht mehr. In Stralsund angekommen, wurden wir von Gerdi, für mich nur Tante Gerdi, am Bahnhof in Empfang genommen und zu ihrem Haus gebracht, in dem wir die nächsten zwei Wochen verbringen sollten. Tante Gerdi hatte drei Kinder: Die älteste, Dörte, war vierzehn Jahre alt, dann kam Joachim, genannt ›Joochen‹, zwei Jahre älter als ich (also etwa sechs), und schließlich der ein bis zwei Jahre alte Christian, das Baby. Den intensivsten, allerdings sehr unerfreulichen Kontakt hatte ich bei diesem Aufenthalt mit Joochen.

Die unbekannte Umgebung und die fremden Menschen schüchterten mich ein. Ich war froh, nicht allzu sehr zur Kenntnis genommen zu werden, und glücklich, im Schutz meiner Mutter die Dinge um mich herum beobachten zu können. Große Probleme hatte ich damit, abends auf der Klappcouch, auf der meine Mutter und ich nächtigen sollten, alleine einzuschlafen, während meine Mutter den restlichen Abend mit ihren Freunden in gemütlicher Runde verbrachte. Diese abendlichen Runden im größeren Kreis genoss meine Mutter sehr. Dann konnte sie richtig aufdrehen. Für mich hingegen war jeder Abend eine Qual. Denn Joochen, der ziemlich schnell spitz gekriegt hatte, wovor ich mich fürchtete, machte sich einen Spaß daraus, Pfeffer in die Wunde zu streuen. Perfide behauptete er, sobald ich abends eingeschlafen sei, würde meine Mutter ihre Sachen packen und alleine die Rückreise nach Berlin antreten. Jeden Tag, den wir in Stralsund verbrachten, quälte er mich damit und grinste dabei auch noch diabolisch. Ich hasste ihn abgrundtief für seine Gemeinheiten. Natürlich hätte ich mich wehren, ihm etwas entgegnen können, aber mich lähmte die Angst, er könnte unter Umständen doch Recht haben.

Eine Abwechslung von der täglichen Piesackerei war die Fahrt über den Stralsunder Bodden, um Mutter und Vater Jeske, die Eltern Tante Gerdis, zu besuchen. Die Überfahrt begann sehr spannend, denn es war meine erste Begegnung mit der Ostsee. Allerdings zog, als wir uns auf dem Bodden befanden, Sturm auf. Die Wellen wurden immer höher. Das kleine Schiff, auf dem wir uns befanden, schaukelte bedenklich, und ich machte Bekanntschaft mit der Seekrankheit. Ich wurde grün im Gesicht, mir wurde kotzelend und ich musste mich über die Reling übergeben. Doch als wir anlegten, hatte sich mein Verdauungstrakt schon wieder beruhigt.

Mutter und Vater Jeske lebten in einem kleinen Reetdachhaus, eher einem Häuschen. Es wirkte niedlich und verschlafen und war umgeben von einem kunterbunten Bauerngarten. Es gefiel mir sehr – vor allem deshalb, weil ich einen Tag meinem Quäler entkommen war, der uns bei dem Besuch nicht begleitet hatte.

ABSCHIEDSBESUCH

Nicht lange nachdem meine Nichte geboren war, gingen die Vorbereitungen unserer Flucht in die entscheidende Phase. Dabei spielte der nunmehrige Besitz eines Kinderwagens eine wesentliche Rolle. Meine Eltern hatten beschlossen, einige Dinge des täglichen Lebens, Kleidungsstücke sowie Bett-, Tisch- und Leibwäsche, ebenso Silberbesteck und sogar einige Wein- und Likörgläser nach Westberlin zu schmuggeln und bei Verwandten zu deponieren. Das meiste allerdings mussten wir zurücklassen. Wie sich denken lässt, waren diese Konsequenzen einer Flucht für Menschen, die nicht lange zuvor schon einmal ihr Zuhause mit allem Inventar hatten zurücklassen müssen, außerordentlich schwer.

Meine Mutter hatte sich überlegt, die Utensilien in Birgits Kinderwagen über die damals noch offene, aber dennoch kontrollierte Grenze nach Westberlin zu bringen. Und so geschah es. Ich weiß nicht, wie oft wir – meine Mutter und meine Schwester mit mir im Schlepptau – mit dem voll bepackten Kinderwagen, obenauf in seltsamer Höhe das Baby Birgit thronend, in der S-Bahn und zu Fuß die Grenze passierten. Die Kombination zweier Mütter und zweier kleiner Kinder wirkte wohl so unverfänglich, dass die Aktionen nicht auffielen und durchführbar waren. Es kostete die beiden Frauen sehr viel Mut, dieses Risiko einzugehen. Ich wage nicht, darüber nachzudenken, was mit uns passiert wäre, wenn auch nur ein Vopo auf die Idee gekommen wäre, den Kinderwagen zu kontrollieren. Natürlich benutzten wir niemals die gleichen Grenzübergänge. Wir wechselten stets die Orte, um ja nicht aufzufallen.

Ich wurde instruiert, bei diesen Grenzüberquerungen den Mund zu halten und nichts über das, was da vor sich ging, verlauten zu lassen. Die ganze Tragweite unseres Tuns war mir selbstverständlich nicht bewusst. Für mich war das Ganze ein Spiel. Ich spielte mit Mutter und Schwester, Gegenstände über die Grenze zu meiner Großtante Else zu bringen. Aber wie alle Kinder in diesem Alter nahm ich das Spielen sehr ernst. Meine »Mitspieler« konnten mit aller Loyalität rechnen, zu der ein fünfjähriges Kind fähig ist.

Die Wohnung meiner Großtante Else hatte etwas außerordentlich Anziehendes für mich, denn dort befand sich ein Klavier. Tante Else war die elf Jahre jüngere Schwester meiner Großmutter Lieschen. Sie bewohnte zusammen mit ihrer Schwiegertochter Gertrud, genannt Mausi, und ihren beiden Enkelkindern, der vierzehnjährigen Felicitas und dem achtzehnjährigen Claus, eine Wohnung in der Uhlandstraße nahe dem Kurfürstendamm. Beide waren Witwen. Sowohl der Mann Tante Elses, seiner imponierenden Körpergröße wegen in der gesamten Verwandtschaft nur als »großer Hans« bekannt, als auch sein Sohn Felix waren vor einigen Jahren gestorben.

Tante Else hatte eine besondere Art von Humor genau wie meine Mutter. Ihr Spott konnte ätzend sein, einen bestenfalls lähmen, im schlimmsten Fall jedoch in Grund und Boden stampfen. Mir war diese Eigenart Tante Elses bekannt. Trotzdem zog mich dieses Klavier so magisch in seinen Bann, dass ich alle Furcht vor Tante Else sausen ließ. Bei einem unsere Besuche nahm ich meinen ganzen Mut zusammen und fragte sie schüchtern, ob ich ein bisschen auf ihrem Klavier spielen dürfe. Sie erlaubte es mir gnädig und ohne jede Ironie.

Ich war selig, strebte sofort auf das Zimmer zu, in dem das Klavier stand, und öffnete die Tür. Doch verflixt, ich war nicht allein mit dem Objekt meiner Begierde, nein, Claus, mein Großcousin, befand sich auch dort. Vor diesem Claus hatte ich aus unerfindlichen Gründen einen Riesenbammel. Ich trat sofort den Rückzug an und rannte so schnell ich konnte zu meiner Mutter zurück. Aus der Traum mit dem Klavierspielen! Ich wollte allein sein, wenn ich es ausprobierte, ganz allein, und nicht von diesem Claus beobachtet werden.

Zu dem Vorhaben, die Deutsche Demokratische Republik zu verlassen, gehörten auch einige Abschiedsbesuche bei Bekannten und Freunden, darunter auch ein Besuch in meinem Geburtsort Groß-Below. Selbstverständlich ließ meine Mutter von unseren Fluchtplänen nichts verlauten. Aber sie war sich klar darüber, dass es, wenn sie einmal den Schritt in den Westen getan hatte, kein Zurück mehr gab und sie Zeit ihres Lebens nicht mehr ungestraft die DDR betreten konnte. Also besuchte sie, so lange sie es noch konnte, ihre ehemalige Wirkungsstätte. Sie fuhr allerdings nicht allein, sie nahm mich mit. Im Prinzip fand ich es toll, mit meiner Mutter allein verreisen zu können und dazu noch aufs Land, wäre da nicht meine Angst vor den fremden, für mich nicht berechenbaren Erwachsenen gewesen.

Ich sollte recht haben mit meiner Befürchtung. Wir bezogen Logis in einem der Häuslerhäuser des Gutes. Die Kammer, in der wir nächtigen sollten, war möbliert mit einem schmalen Bett, in dem wir beide schlafen mussten, und einem Schrank, auf dem als Nachtbeleuchtung zu meinem Entsetzen nur eine einsame Kerze stand.

Am frühen Abend wurde ich von meiner Mutter zu Bett gebracht, was bedeutete, dass ich allein einschlafen musste – in dieser scheußlichen fremden Umgebung, in dieser grässlichen dunklen Kammer mit der einen flackernden Kerze. Es gruselte mich fürchterlich. Im unruhigen Kerzenschein glaubte ich eine ganze Anzahl von Gespenstern zu erblicken, die an den Wänden um mich herumhuschten. Ich begann fürchterlich zu weinen und weigerte mich, ohne meine Mutter einzuschlafen. Wohl oder übel musste sie bei mir bleiben, obwohl es sie schrecklich nervte.

Am nächsten Morgen ging der Horror für mich erst richtig los. Die Besitzer des Häuslerhauses, Landarbeiter des Gutes, behaupteten, so etwas Niedliches wie mich hätten sie sich schon immer gewünscht, ich solle von heute an bei ihnen bleiben. Sie würden mich, damit meine Mutter mich nicht fände, im Schrank verstecken. Dies war wohl scherzhaft gemeint, doch ich nahm es für bare Münze. Solche Art Scherze war ich nicht gewöhnt. Mir standen die Haare zu Berge, und ich hatte von diesem Morgen an keine ruhige Minute mehr. Unablässig beobachtete ich diese grässlichen Leute, die mich für sich haben wollten. Selbst Beteuerungen meiner Mutter, sie würde mich nie und nimmer in Groß-Below lassen, glaubte ich nicht. Ich traute niemandem mehr über den Weg und wollte nur noch weg, nach Hause. Ich war heilfroh, als wir nach einer Woche wieder in Berlin waren.

Republikflucht

Eine Bedingung, um in den Westen übersiedeln zu können und einen ordnungsgemäßen Ablauf der Flucht zu garantieren, war, sich mit den amerikanischen Behörden in Verbindung zu setzen. Bei einem dieser Behördenbesuche wurde meinem Vater nahegelegt, Informationen aus seinem beruflichen Umfeld den amerikanischen Behörden zu übermitteln. In seinem Fall hieß das, als Hochbauingenieur der Ostberliner Be- und Entwässerung Baupläne und Informationen über bauliche Maßnahmen, zu denen er Zugang hatte, zu kopieren und weiterzugeben. Mit anderen Worten, er fungierte als Spion der Amerikaner.

Ich kenne nicht die vollen Beweggründe seiner Entscheidung, ich weiß nicht, warum er es tat. Vermutlich glaubte er, sich die Amerikaner gewogen machen zu müssen, und sie nutzten unsere Notlage schamlos aus. Die Flucht in den Westen zu bewältigen war an sich schon problematisch genug. Darüber hinaus noch die Amerikaner mit Informationen versorgen zu müssen, stellte die äußerste Grenze der Belastbarkeit dar.

Mein Vater hatte Zeit seines Lebens Probleme mit der legalen Droge Alkohol gehabt, mit anderen Worten, er war das, was man einen Belastungstrinker oder Quartalssäufer nennt. Längere Zeit schlug er nicht über die Stränge, doch unter ungewöhnlich großen Belastungen wie dieser konnte es sein, dass er sich an die »beruhigende« Wirkung des Alkohols erinnerte. Seine Neigung, sich zuzuschütten, hätte für uns kurz vor der Flucht zum Fiasko werden können.

Mir sagten meine Eltern, ich bekäme von den Amerikanern Bananen und Schokolade, absolut rare Leckereien in der DDR. Verständlicherweise ging ich begeistert dorthin, wo ich schlaraffenlandähnliche Zustände vermutete. Die Realität sah dann etwas anders aus. Zwar bekam ich tatsächlich eine Banane, aber dazu nicht etwa Schokolade, sondern einen Löffel Lebertran. Diesen scheußlichen Lebertran musste ich zu Hause schon jeden Tag schlucken, um keine krummen Knochen zu bekommen, wie man mir sagte, und er schmeckte auch bei den Amis nicht anders als vergammelter Fisch.

Unser Vorhaben, die DDR zu verlassen, ging in die Endphase. An einem Vormittag im August 1954 fuhr ich zusammen mit meiner Mutter und Großmutter mit der S-Bahn nach Westberlin. Wir fuhren zu meiner Großtante Else, um auf meinen Vater zu warten, der uns erst nach Dienstschluss folgen konnte. Dies hört sich ganz undramatisch an, war es aber mitnichten. Wir hatten unsere Wohnung mit dem gesamtem Mobiliar verlassen müssen. Vor allem hatte ich meine geliebte Katze Muzel zurücklassen müssen, meine Schwester Christa und alles, was Sicherheit bedeutete. Abgesehen von dem, was wir auf dem Leib trugen, und einigen wenigen Dingen, die wir in den Westen geschmuggelt hatten, war uns nichts mehr geblieben. Auch hatte ich außer meiner Negerpuppe mit Schlafaugen kein Spielzeug mehr. Wir mussten also wieder ganz von vorn beginnen. Ein Abschnitt meines Lebens war unwiderruflich beendet.

Wir übernachteten bei Tante Else und meldeten uns

am nächsten Morgen bei der Flüchtlingsbehörde in Westberlin. Der Papierkrieg begann: Wer, warum, weshalb geflohen, endlos Formulare ausfüllen, Fingerabdrücke von der gesamten Familie abnehmen, auch von mir, der Fünfjährigen, um schließlich ins Aufnahmelager verfrachtet zu werden. Dort mussten wir einige Nächte mit anderen Flüchtlingen in einem Schlafsaal in Stockbetten verbringen.

Meine Eltern hatten beschlossen, nicht in Berlin zu bleiben, also warteten wir darauf, von der amerikanischen Besatzung ausgeflogen zu werden. Nach zwei Wochen war es soweit. Zusammen mit anderen Flüchtlingen wurden wir in einem Bus zum Flughafen Tempelhof transportiert. Für mich war es ein Riesenflugzeug, in das ich da einsteigen sollte. Ich hatte so etwas noch nie zuvor gesehen. Dieses große lange Etwas mit vier Propellern – es war eine PanAm – faszinierte mich durch und durch. Der Flug sollte nach Frankfurt am Main gehen.

Wir waren gerade gestartet, als sich schon eine freundliche junge Dame zu mir herunterbeugte und mir Bonbons anbot. Ich wagte nicht, sie anzunehmen, aber sie nickte freundlich und drückte sie mir in meine kleine Faust. Die Stewardess meinte, ich solle diese Bonbons lutschen, damit mir nicht übel würde. Folgsam steckte ich eines in den Mund, eingeschüchtert von all den fremden Eindrücken. Die Bonbons schmeckten gut, bewahrten mich jedoch keineswegs vor der befürchteten Luftkrankheit. Es dauerte nicht lange, und ich musste die merkwürdige Tüte benützen, die im Netz des Sitzes vor mir steckte. Mir war entsetzlich übel, und es nützte auch nicht viel, die winzigkleine Welt von oben zu betrachten. Der Flug nach Frankfurt dauerte etwas mehr als zwei Stunden!

Die roten Lackschuhe

In Frankfurt angekommen, wurden wir erneut in ein Übergangslager verfrachtet. Es befand sich in Osthofen in der Nähe von Worms im Bundesland Rheinland-Pfalz und war ein Barackenlager, genau wie das in Berlin. Hier verbrachten wir einige Wochen des Wartens, bis alle Behördenformalitäten erledigt und wir offizielle Bürger der Bundesrepublik Deutschland waren. Auch hier waren wir wieder in Gemeinschaftsschlafräumen mit Etagenbetten untergebracht. Der Speiseraum war für meine Begriffe riesig und mit mehreren langen Holztischen ausgestattet, an denen wir dreimal am Tag abgefüttert wurden.

Ich fand dies Leben in Lagern höchst verunsichernd. Wir waren entwurzelt, nichts war mehr wie vorher, wir gehörten nirgendwohin. Dieses Übergangslager wirkte kalt, steril, nicht sehr gemütlich und anheimelnd. Alles war durch und durch unpersönlich, niemand sollte wohl Lust verspüren, sich hier länger als nötig aufzuhalten. Es war eben kein Zuhause und sollte es wohl auch nicht sein.

In den Lagerräumen roch es eigenartig nach einer Mischung aus Pfefferminztee, Bohnerwachs und Muckefuck (Getreidekaffee). Dieser Geruch hat sich mir unauslöschlich eingeprägt. Wir hatten so gut wie gar keine Privatsphäre. Wenn wir für uns und ungestört sein wollten, mussten wir wohl oder übel das Lager verlassen. Also ging mein Vater mit mir spazieren. Wir erkundeten wandernd eine wirklich sehenswerte Landschaft. Es war sehr aufregend für mich, auf Weinberge zu klettern und von oben ins Tal zu schauen.

Meine Mutter blieb während unserer Exkursionen bei Oma Lieschen im Lager. Sie zeigte zeitlebens kein Interesse für längere Spaziergänge, und es war ihr wohl nur recht, bei meiner 83-jährigen Großmutter bleiben zu müssen, die unsere Flucht gesundheitlich und seelisch nicht gut überstanden hatte. Oma konnte es nicht verwinden, nun zum dritten Mal ihr Zuhause verloren zu haben und vor dem Nichts zu stehen. Die Aufregung war ihr auf die Galle geschlagen. Sie litt unter heftigsten Gallenkoliken.

Ich war froh, dem entkommen zu können und mit meinem Vater wandern zu dürfen. Auf einer dieser Exkursionen in die Weinberge erklärte mir mein Vater mit Hilfe seiner Brille den Brennglaseffekt von geschliffenen Gläsern. Er war absolut stolz auf dieses gelungene Experiment. Ich hingegen fand es gar nicht lustig, dass mein kostbares Lurchiheft, eine Comicgeschichte mit einem kleinen Salamander, vor meinen Augen in Flammen aufging.

Meine Eltern hatten nach Ankunft in der Bundesrepublik für uns vier eine Art Überbrückungsgeld erhalten, bis mein Vater eine Stellung als Ingenieur fand. Von diesem Geld sollte ich ein Paar neue Schuhe bekommen, da mir meine alten zu klein geworden waren. Also fuhren wir nach Worms und suchten ein Schuhgeschäft.

Mein Vater war der Meinung, ich solle ein Paar solide, praktische, feste braune Schnürschuhe bekommen. Ich hingegen war ganz anderer Ansicht. Ich wollte nur und ausschließlich ein Paar rote Lackschuhe mit Riemchen haben, in die ich mich gleich nach Betreten des Geschäftes verliebt hatte. Langer Rede kurzer Sinn, ich setzte mich durch und die roten Lackschuhe wurden gekauft. Das war an sich nicht so tragisch. Tragisch war jedoch, dass mir die Schuhe mindestens eine Nummer zu klein waren, wie sich bald nach dem Kauf herausstellte. Sie passten einfach nicht und drückten entsetzlich bei jedem Schritt. Irgendetwas musste getan werden. Die Schuhe zurückzubringen kam nicht in Frage. Mein Vater kam schließlich auf die Idee, etwas zu tun, was seinerzeit häufiger mit zu klein gewordenen Kinderschuhen gemacht wurde: Die Spitzen meiner tollen Lackschuhe wurden bis zur Sohle abgeschnitten. Ich musste die Schuhe selbstverständlich so lange tragen, bis sie mir endgültig zu klein geworden waren.

DIE DACHWOHNUNG

Auch in diesem Lager blieben wir Gott sei Dank nur eine relativ kurze Zeit, bis wir eine Unterkunft auf einem Bauernhof fanden. Dieser Bauernhof befand sich in einer Ortschaft namens Landscheid. Hier hatte ich zum ersten Mal ein Gefühl des Ankommens. Auf jeden Fall fühlte ich mich dort schon erheblich wohler als in dem grausligen Durchgangslager.

Es war ein Bauernhof, wie man ihn sich vorstellt, mit Kühen, Schweinen, Pferden, Hühnern, Enten, Gänsen, Hunden und Katzen und einem Misthaufen. Mit anderen Worten: durch und durch interessant. Besonders die Hühner und ihr seltsames Verhalten hatten es mir angetan. Ich konnte beobachten, wie ein stattliches Exemplar von Hahn sich gemütlich auf einem Huhn niederließ und sich von ihm über den Hof tragen ließ. Empört ob dieser Dickfelligkeit und Faulheit des Hahnes, lief ich zu meiner Mutter und berichtete ihr von meinen Beobachtungen. Sie erklärte mir amüsiert, der Hahn sei mitnichten faul, er wolle nur das Huhn decken, damit es wieder kleine Küken gäbe. Ich war durchaus nicht zufrieden mit dieser Erklärung. Für mich war dieser Hahn ein fauler Strick und absolut unmöglich.

Auch dieser Aufenthalt auf dem interessanten Bauernhof war nur von kurzer Dauer. Meine Eltern fanden nicht weit davon entfernt eine Dachwohnung in einem noch nicht ganz fertiggestellten Zweifamilienhaus, einem Neubau. Die Wohnung bestand aus einer Küche, einem Schlafzimmer und einem großen Flur. Alles war sehr hell und freundlich. Nach den Strapazen und Ängsten der Flucht konnten wir hier endlich durchatmen und ankommen.

Dass die Bauarbeiten weitergingen, während wir hier schon wohnten, kümmerte mich wenig. Im Gegenteil, es war spannend, miterleben zu können, wie sie den Fußboden unseres Dachgeschosses fertigstellten. Besonders interessierte mich die Glaswolle, die zur Isolierung zwischen die Fußbodensparren gesteckt wurde. Ich glaubte, es sei Engelshaar, ein Bastelmaterial für Weihnachten, um glatzköpfigen Weihnachtsengeln eine Frisur zu machen.

Diese Glaswolle war wunderbar langfaserig weiß und gewellt. In einem unbeobachteten Moment griff ich zu, um mir etwas davon zu sichern. Aber, oh Schreck, dieses Engelshaar stach und piekte entsetzlich in meiner Hand! So schnell, wie ich es genommen hatte, legte ich es wieder zurück.

Wenn ich heute darüber nachdenke, finde ich es erstaunlich, in einem Haus gelebt zu haben, in dem es zunächst keinen begehbaren Fußboden gab. Und doch war es so. Wir balancierten auf Holzlatten, die über die Bodensparren gelegt waren.

Unsere Vermieter waren ein junges Ehepaar, das seinen Lebensunterhalt damit verdiente, in einem zum ambulanten Laden umfunktionierten Lkw über die Dörfer zu fahren und Emailletöpfe, Eimer, Schüsseln und anderen Hausrat zu verkaufen. Kurz, es waren fahrende Händler, die einen Teil der Woche abwesend waren. Meine Eltern hatten die Aufgabe, während ihrer Abwesenheit auf den Neubau achtzugeben, und mein Vater ließ sich breitschlagen, unentgeltlich die Bauleitung für den Rest der Bauarbeiten zu übernehmen. Es stellte sich heraus, dass dieses Haus nie einen Architekten oder Ingenieur gesehen hatte, also Marke Eigenbau war.

Da mein Vater trotz unermüdlicher Bemühungen noch keine Stelle als Hochbauingenieur gefunden hatte, war es ihm wohl ganz recht, diese Aufgabe des Bauleiters oder besser Ratgebers übernehmen zu können. Da das Haus zwar ein Badezimmer hatte und auch Wasseranschlüsse, aber keine Verbindung mit der Kanalisation, sorgte mein Vater dafür, dass eine Sickergrube gebaut wurde, die sämtliche Abwässer aufnehmen konnte. Bad und Küche wurden dadurch endlich benutzbar.

Vom Roten Kreuz hatten wir, wie alle Flüchtlinge seinerzeit, eine Minimalwohnungseinrichtung bekommen. Sie bestand aus einem Küchenschrank, einem Tisch und vier Stühlen, einer Schlafzimmereinrichtung mit vier eisernen weißlackierten Bettgestellen, vier Matratzen und Bettzeug. Dazu gab es einen Schlafzimmerschrank, der verdächtig nach unlackiertem Sperrholz aussah. Aber nichtsdestotrotz, einem geschenkten Gaul schaut man nicht ins Maul.

Die winzige Dachgeschosswohnung war schon wieder so etwas wie ein Zuhause, ein akzeptabler Neuanfang. Ich war inzwischen sechs Jahre alt, und es war Zeit für meine Einschulung. Zuvor musste allerdings meine Schulreife offiziell festgestellt werden. Dies wurde vom Schulamt ganz simpel ermittelt: Ich sollte den rechten Arm heben und versuchen, mit meinen Fingern über meinen Kopf zum linken Ohr zu gelangen. Das klappte mühelos, also war die Sache gebongt und ich durfte im kommenden Frühjahr eingeschult werden. Ich fieberte dieser Einschulung geradezu entgegen. Ich war es leid, mir alles von meiner Großmutter vorlesen zu lassen. Ich wollte selbst lesen und auch schreiben können. Die Idee, mir selbst ein wenig das Lesen und Schreiben beizubringen, ließ sich meine Mutter von einer Dame des Schulamtes ausreden. Sie meinte, ich würde mich mit meinem Wissensvorsprung später in der Schule langweilen. Dass ich mich jetzt schon langweilte, schien sie nicht zu interessieren.

Meine Mutter beschloss, mich die restlichen Monate bis zur Einschulung bei den Nonnen im katholischen Kindergarten abzuliefern, dem einzigen Kindergarten weit und breit.

DIE KATZE IN DER ROTEN BASKENMÜTZE

Die Tatsache, mich im Kindergarten untergebracht zu haben, beruhigte meine Mutter. Mich erfüllte sie nicht mit Begeisterung. Zunächst glaubte ich noch, der Kindergarten sei eine Schulvariante, doch diese Idee wurde mir sehr schnell ausgetrieben. Rasch stellte sich heraus, dass ich das älteste Kind in der relativ kleinen Gruppe war und dass mir deshalb die Aufgabe zugewiesen wurde, gemeinsam mit den Nonnen die kleineren Kinder zu betreuen. Dies bedeutete, sie zu füttern und die Nachttöpfe zu leeren, wenn sie ihr großes oder kleines Geschäft verrichtet hatten. Mit anderen Worten, ich fungierte als unbezahlte Hilfskindergärtnerin.

Wenn ich nicht gerade Kinderscheiße oder die flüssige Variante entfernen musste, durfte ich etwas nicht weniger Stumpfsinniges tun, nämlich Buchumschläge aus Pappe anfertigen und diese mit großen Stichen umnähen. So hatte ich mir den Kindergarten nicht vorgestellt. Ich gehörte nicht zu den still Dienenden. Dies war nichts für ein phantasievolles, wissbegieriges Kind wie mich. Meine Anwesenheit in dieser Einrichtung war deshalb auch nicht von Dauer. Ich jammerte und quengelte so lange herum, bis meine Mutter es leid war und mich abmeldete.

Ein Gutes hatte dieser Kontakt mit den Nonnen für mich aber dennoch gehabt: Er brachte mir den katholischen Glauben näher. Vor allen Dingen das Drumherum interessierte mich sehr. Meine Langeweile war fürs Erste wie weggeblasen.

Im Kindergarten hatte ich einen kleinen Altar samt Blumensträußen, Christus am Kreuz und bunten Marienbildnissen entdeckt. Gelegentlich hielten die Nonnen inne, bekreuzigten sich, knicksten und legten beide Handflächen aneinander. So verharrten sie einige Minuten, bis sie ihre Arbeit wieder aufnahmen. Ich wusste nichts vom katholischen Glauben, mich faszinierten lediglich der bunte Altar und das Ritual des Betens.

Dass dies alles irgendwie mit dem lieben Gott zu tun haben musste, vermutete ich schon. Zur Ehrenrettung der Nonnen muss ich erwähnen, dass sie niemals den Versuch unternahmen, mich, das evangelische Kind, zu missionieren oder zu bekehren.

Ich wollte nun zu Hause auch gerne einen solchen Altar haben. Da man ihn nicht kaufen konnte und ich ihn auch aus Geldmangel nicht bekommen hätte, baute ich mir selbst einen. Ich bat meine Mutter um einen Fußschemel und ein Stück weißen Stoff. Des Weiteren organisierte ich zwei Trinkgläser, pflückte Blumen, zeichnete etwas Marienähnliches und stellte es auf den Schemel. Fertig war mein Altar.

Ab sofort spielte ich nur noch »Beten« und zelebrierte dieses Ritual, so oft ich konnte. Ich war völlig gefangen in diesem Spiel, nahm kaum noch etwas um mich herum wahr. Mein Altar stand auf unserem ziemlich großen hellen Flur, den ich zum Spielzimmer umfunktioniert hatte. Alles passierte also auf sehr engem Raum, und ich muss meiner Familie hoch anrechnen, dass sie mich dieses sehr seltsam anmutende Spiel so lange spielen ließ, bis mich meine Lust aufs Beten von selbst verließ.

Als ich eingeschult wurde, war die Phase weitestgehend abgeschlossen.

Doch selbst das faszinierendste Spiel ließ mich niemals meinen geliebten Muzel vergessen, den ich in Berlin hatte zurücklassen müssen. Ich sehnte mich so sehr nach einer Katze, dass meine Mutter beschloss, mir eine zu besorgen. Als Meisterin des Organisierens hatte sie bald einen Wurf kleiner Kätzchen bei einem Bauern entdeckt.

Das Ganze hatte leider einen gewaltigen Haken: Ich sollte allein dorthin gehen und mir ein Kätzchen aussuchen. Und das mir, einem außerordentlich schüchternen und ängstlichen kleinen Mädchen, das sich am liebsten hinter seiner Mutter versteckte! Doch das war die Voraussetzung, um an eine Katze zu kommen. Also biss ich in den sauren Apfel und marschierte mit zitternden Beinen los, um mir mein Kätzchen abzuholen.

Schüchtern suchte ich mir aus dem Wurf meinen Muzel den Zweiten aus, einen hellgrau getigerten Kater, und marschierte nach Hause, ihn sorgsam in meiner roten Baskenmütze transportierend. Ich konnte mein Glück kaum fassen.

Stolz präsentierte ich ihn zu Hause meiner Mutter und hielt ihn ihr in meiner Mütze unter die Nase. Diese Unachtsamkeit nutzte er und sprang mit einem Satz unter den Küchenschrank. Die folgenden Stunden verbrachte ich damit, meinen kleinen Kater unter dem Schrank hervorzulocken.

Mein zweiter Spielkamerad war der zweijährige Sohn unserer Vermieter, der jedoch blöderweise mehr Interesse an meiner Negerpuppe mit Schlafaugen zeigte als an mir. Meine geliebte Negerpuppe war das einzige Spielzeug, das mir geblieben war. Dem kleinen Burschen hatten es vor allem die Schlafaugen angetan. Ich traute mich nicht, seinen akribischen Untersuchungen Einhalt zu gebieten, und musste mit Entsetzen zusehen, wie er meiner geliebten Puppe die Schlafaugen tief in den Kopf drückte.

Mir blutete das Herz angesichts solcher Gemeinheit, und ich lief weinend zu meiner Mutter. Ich dachte, sie könne meine Puppe wieder heil machen. Aber sie konnte sie genauso wenig reparieren wie mein Vater.

Meine Puppe konnte nun nicht mehr schlafen und sah auch etwas merkwürdig aus, doch liebte ich sie deswegen nicht weniger.

Der »Blinddarm«
auf der Bank

Meine Mutter hatte hier – wie überall, wo sie sich befand – keine großen Probleme, sich zu integrieren. Sie fand schnell Kontakt zu den Menschen, selbst in dieser erzkatholischen, konservativen Umgebung. Binnen weniger Monate schaffte sie es, innerhalb einer Volkstanzgruppe junge Mädchen des Ortes in Volkstanz und Gymnastik zu unterrichten.

Es gelang ihr auch, uns preiswerte Nahrungsmittel bei den Bauern der Umgebung zu organisieren. Davon profitierte meine Familie außerordentlich, denn so sehr sich mein Vater auch bemühte, er bekam mit seinen fünfzig Jahren nicht so leicht eine ihm und seiner Ausbildung entsprechende Beschäftigung. Er tat sich weitaus schwerer mit den veränderten Umständen und der neuen Umgebung als meine Mutter.

Diese hatte sich inzwischen mit unserer jungen Vermieterin angefreundet und spielte des Öfteren Babysitterin für ihren kleinen Sohn, wenn dessen Eltern wieder einmal auf Verkaufstour waren. Der kleine Bengel war damit überhaupt nicht einverstanden. Er plärrte stundenlang und war nicht zu beruhigen. Erst als mein Vater sich entschloss, sich mit einem Bettlaken als Gespenst zu verkleiden und fürchterliche Grimassen zu schneiden, versiegten langsam die Tränen, und der Kleine schlief zu unserer absoluten Erleichterung getröstet ein. Mein Vater, genau wie wir alle, war völlig fertig mit den Nerven.

Dies war das letzte Mal, dass wir auf die kleine Nervensäge aufpassen mussten. Bei aller Freundschaft drückte sich auch meine Mutter vor erneutem Babysitten.

Ich lernte nach und nach, mich in ländlicher Umgebung freier und ohne Angst zu bewegen. Nachdem ich es geschafft hatte, mir selbst eine kleine Katze zu besorgen, hatte ich auch den Mut, mich von meiner Mutter zu einem Bauern schicken zu lassen, um Milch für uns zu holen.

Auftragsgemäß marschierte ich in die Küche des Bauernhofes, um mein Anliegen vorzutragen. Dort lag ein junger Mann, der Sohn des Hauses, auf einer Sitzbank und ruhte sich wahrscheinlich von der Arbeit aus. Ich wusste von meiner Mutter, dass er kurz zuvor eine Blinddarmoperation überstanden hatte. Dieser Umstand und die Tatsache, mit dem »Helden« dieses Abenteuers so unverhofft konfrontiert zu sein, brachte mich derart aus dem Konzept, dass ich mich sprachlos auf dem Absatz umdrehte, ohne Milch nach Hause rannte und meiner Mutter empört berichtete, ich hätte den »Blinddarm« auf einer Bank liegen sehen und er sei nicht zugedeckt gewesen.

Inzwischen stand Weihnachten vor der Tür. In der Gegend, in der wir uns befanden, war es Brauch, am Nikolausvorabend den heiligen Nikolaus erscheinen zu lassen. Er ging von Haus zu Haus, befragte die anwesenden Kinder, ob sie artig gewesen seien, und beschenkte sie schließlich mit Süßigkeiten. Es konnte aber auch sein, dass er einem Kind drohend die Rute zeigte, wenn es denn im Verlauf des vergangenen Jahres durch Unarten zu sehr aufgefallen war.

Ich saß also mit einigen Kindern zusammen im Wohnzimmer unserer Vermieter und harrte der Dinge, die da kommen sollten.

Bevor allerdings der Nikolaus tatsächlich erschien, flippte plötzlich ein kleines Mädchen von etwa vier Jahren völlig aus. Die Tränen liefen ihr herunter, während sie entsetzt stammelte und ständig den gleichen Satz wiederholte: »Ich will ins Bett, ich will ins Bett, ich will ins Bett …« Es war schlimm, diese Angst vor einer »Instanz« miterleben zu müssen, die es, wie ich inzwischen wusste, in Wirklichkeit gar nicht gab.

Ich erinnerte mich noch gut an die Weihnachtsfeier vor einem Jahr. Sie wurde veranstaltet von der städtischen Be- und Entwässerung in Ostberlin. Auch damals gab es einen Weihnachtsmann, der an den Tischen, an denen wir Kinder mit unseren Eltern saßen, vorbeiwanderte und jedes Kind in seinen riesigen Sack greifen ließ, um ein Geschenk herauszuziehen. Als dieser Weihnachtsmann vor mir stand, war ich vor Angst wie gelähmt. Ich starrte ihn entsetzt an und griff in den Sack, ohne zu sehen, was ich tat. Mir war völlig wurscht, dass ich nur ein winziges Spielzeugauto erwischt hatte, ich wollte, dass dieser Weihnachtsmann wieder verschwand.

Ich hatte trotz allem Glück, denn nach der Feier wurde jedem Kind ein größeres Geschenk überreicht. Ich bekam meine Negerpuppe, die ich von der ersten Sekunde an abgöttisch liebte.

Meine Eltern hatten erkannt, dass sie mir mit Weihnachtsmännern und Nikoläusen keinen Gefallen taten und dass diese sich als Erziehungsmittel wenig eigneten. Also erklärten sie mir praktischerweise, Weihnachtsmänner, Nikoläuse und der Einfachheit halber auch Osterhasen gäbe es nicht, sie seien eine Erfindung der Erwachsenen.

Damit war ich diese Ängste erst einmal los, andere hatte ich trotz allem noch genug.

Meine in Ostberlin zurückgebliebene Schwester war monatelangen Repressalien seitens der Stasi ausgesetzt. Sie wurde zu Verhören geladen und über unseren Verbleib ausgequetscht. Es muss außerordentlich schwer gewesen sein und sie viel Mut gekostet haben, immer wieder stoisch zu behaupten, sie wisse nichts von den Fluchtabsichten ihrer Eltern und sie wisse vor allen Dingen nichts über unseren Aufenthaltsort.

Mit der Zeit ebbte das Interesse der Stasi an unserer Familie ab. Sie gaben es schließlich auf, meine Schwester weiter zu befragen. Christas unnachgiebiger Charakter, eine für uns gelegentlich unangenehme Eigenschaft, hatte sich an diesem Punkt einmal positiv ausgewirkt.

DIE SCHLANGE IM
NACHTTOPF

In dem Rohbau, in dem wir lebten, gab es nur ein Bad mit Spültoilette, und das lag im Erdgeschoss. Meine Eltern, meine Großmutter und ich benutzten es nur selten, denn es gehörte zur Wohnung unseres Vermieters. Wir wuschen uns in der Küche, die mit einem Waschbecken ausgestattet war, und verwendeten für große und kleine Geschäfte einen Emailleeimer oder – in meinem Fall – einen Nachttopf. Beides wurde regelmäßig in der Vermietertoilette ausgeleert.

Eines Morgens, nachdem ich mein großes Geschäft erledigt hatte, warf ich noch einmal einen prüfenden Blick auf meine Hinterlassenschaft und erstarrte vor Entsetzen. Da wand sich etwas sehr Langes und Dünnes, wie eine Schlange, in meinem Nachttopf.

Ich betrachtete dieses Etwas ganz genau, bevor ich ziemlich aufgeregt zu meiner Mutter lief und ihr berichtete, ich hätte eine Schlange gesichtet. Meine Mutter sah zweifelnd auf mich herab und gab mir die Anweisung, den Topf samt »Schlange« zu ihr zu bringen.

So schnell ich konnte, schleppte ich das corpus delicti herbei. Sie warf einen schrägen Blick hinein und meinte ganz trocken, dies sei keine Schlange, sondern ein ganz ordinärer Bandwurm. Ich war maßlos enttäuscht, aber gleichzeitig auch irgendwie erleichtert. Denn die Vorstellung, ich könnte sozusagen eine Schlange ausgebrütet haben, gruselte mich schon sehr. Meine Mutter machte, wie seinerzeit üblich, kein großes Theater um einen Bandwurm. Dies war an der Tagesordnung bei Kindern meines Alters. Man ging damit nicht zum Arzt und es wurde auch keine Wurmkur durchgeführt.

Meine Mutter war der Meinung, dies sei das erste und einzige Exemplar bei mir gewesen, und damit behielt sie auch Recht.

Einschulung und Umzug
nach Alsdorf

Im Frühjahr 1955 wurde ich eingeschult. Endlich durfte ich Lesen und Schreiben lernen! Ich konnte kaum erwarten, dass es endlich losging, und war unglaublich stolz, einen Schultornister mit Schiefertafel und Griffel mein eigen zu nennen.

Gleich am ersten Tag bekamen alle Schulanfänger eine kleine, von älteren Mitschülern geschriebene und gezeichnete Schulfibel. Darin standen kurze Sätze wie »Beate ist lieb«, denn wir sollten sofort in ganzen Sätzen lesen. Die sogenannte »Ganzwortmethode« war ein neu eingeführtes System, bei dem Leseanfänger nicht die Wörter aus den Buchstaben des Alphabets zusammensetzten, sondern umgekehrt die Buchstaben über das Wortbild erlernen sollten. Es machte mir Spaß und gab mir von Beginn an das erhebende Gefühl, kleine Sätze lesen zu können.

Mit dem Rechnen ging es ähnlich. Wir übten Zusammenzählen und Abziehen mithilfe von Äpfeln und Birnen. Die Schule, in die ich ging, war für den kleinen Ort, in dem sie sich befand, außerordentlich modern und fortschrittlich.

Auch von meiner jungen Lehrerin war ich begeistert, bis zu dem Tag, als sie sich über einen meiner Mitschüler ärgerte, der irgendeinen Blödsinn gemacht hatte. Sie rastete völlig aus und schlug dem kleinen Burschen mit seinem hölzernen Griffelkasten derart über den Schädel, dass ihm aus einer Platzwunde das Blut in Strömen über das Gesicht lief.

Nach dem Unterricht lief ich völlig konsterniert und geschockt nach Hause, um meiner Mutter weinend zu berichten, was ich erlebt hatte. Mein Vertrauen in die Lehrerin war unwiderruflich dahin. Von nun an machte mir der Unterricht bei ihr keinen richtigen Spaß mehr. Ich beobachtete sie misstrauisch und erwartete jeden Tag einen ähnlichen Auftritt, der aber nicht erfolgte. Es blieb bei diesem einen Mal.

Erstaunlicherweise zogen die Eltern des kleinen Burschen aus diesem Vorfall nicht die geringsten Konsequenzen: Lehrer – selbst sehr junge Lehrerinnen – waren seinerzeit eben noch absolute Respektspersonen.

Da mein Vater über seine Arbeitssuche hinaus eine Menge Zeit hatte, erkundete er mit mir zusammen die Gegend um Landscheid herum. Ich folgte ihm willig und marschierte tapfer an seiner Seite, versuchte allerdings vergeblich, mit ihm Schritt zu halten. Vater zeigte mir, wie man aus biegsamen Zweigen einen Flitzebogen macht. Wir pflückten winzige, aber äußerst aromatische Walderdbeeren, von denen es seinerzeit noch erheblich mehr gab als heute, und machten Jagd auf Maikäfer. Er erklärte mir, auf welche Bäume sie besonders scharf waren und wo sie deshalb auch zahlreich zu finden waren.

Im Herbst 1955 war unser Aufenthalt in Landscheid beendet, und wir zogen in die Nähe von Bitburg. Mein Vater hatte bei den dort stationierten Amerikanern endlich eine Stelle als Hochbauingenieur gefunden.

Dieser erneute Umzug fiel mir überhaupt nicht leicht. Ich war es langsam satt, ständig umzusiedeln und mich immer wieder an eine neue Umgebung, eine andere Schule und neue Kinder gewöhnen zu müssen …

Die Fahrt bis Alsdorf – so hieß der Ort, in dem meine Eltern eine preiswerte Wohnung gefunden hatten – dauerte nicht lang. Unsere Ankunft allerdings war mehr als dramatisch. Die neue Wohnung befand sich in einem etwas größeren Einfamilienhaus, das direkt neben einem Bauernhaus lag und dem Bauern selbst gehörte.

Als wir nach unserem Eintreffen die Wohnung beziehen wollten, verweigerte dies der Hausbesitzer. Er regte sich fürchterlich auf und schrie herum, er wisse nichts von einer Vermietung und wir sollten uns gefälligst zum Teufel scheren.

Bei dem ganzen Durcheinander hatte mein kleiner Muzel die Gelegenheit genutzt, um sich dünne zu machen und auf den nächstgelegenen Baum zu flüchten, einen riesigen Walnussbaum. So sehr ich auch bettelte und flehte, er kam nicht herunter. Nicht nur, dass mich der fürchterliche Empfang zutiefst geschockt hatte, nun war auch noch meine Katze weggelaufen.

Wie sich sehr bald herausstellen sollte, hatte unser Vormieter, ein Zahnarzt, ohne Kenntnis des Hausbesitzers die Wohnung an meine Eltern weitervermietet. Da uns der Hausbesitzer den Einzug verwehrte, nahm unser Vormieter uns in seinen neu erbauten Bungalow auf, um die äußerst schief gelaufene Angelegenheit mit dem cholerischen Hausbesitzer zu regeln. Zwei Tage später konnten wir endlich einziehen.

Nach unserem Einzug fand sich auch mein schon verloren geglaubter Muzel wieder ein. Der Hunger hatte ihn schließlich vom Baum getrieben.

ANITA

Die Räume, die wir beziehen sollten, waren noch nicht ganz leergeräumt. Es waren immer noch Reste der Zahnarztpraxis vorhanden. In dem Raum, den wir als Küche vorgesehen hatten, stand unter anderem noch der zahnärztliche Behandlungsstuhl, den ich zwar sehr interessant fand, dessen Anwesenheit mir jedoch einen kalten Schauer über den Rücken jagte. Das Utensil erinnerte mich an eine äußerst unglücklich verlaufene Begegnung mit einem Zahnarzt in Ostberlin.

Ich hatte schreckliche Angst vor diesem Zahnarzt, der mich dazu zwingen wollte, meinen Mund zu öffnen, um meinen schmerzenden Zahn zu untersuchen. Ich wollte den Mund auf gar keinen Fall aufmachen, und als ich es dann doch getan hatte, schloss ich ihn schnell wieder. Dabei war die Hand des Zahnarztes im Weg und ich biss zu, allerdings nicht mit Absicht. Meine Mutter und ich wurden daraufhin aus der Praxis geworfen.

Hinter unserem neuen Domizil befand sich ein völlig verwilderter Garten mit so hohem Gras, dass ich mit meinen sechs Jahren völlig darin verschwinden konnte. Neben dem Haus stand eine leere, unbenutzte Scheune, die mir herrlich unheimlich erschien. In ihr vermutete ich Geister oder etwas anderes Schauerliches. Meine Phantasie ging mal wieder mit mir durch.

Mein Vater besorgte sich eine Sense, um zunächst einmal das mannshohe Gras zu mähen, und meine Mutter machte sich sofort daran, den Garten umzugraben und für das kommende Frühjahr zu kultivieren. Sie war glücklich, einen Garten zu haben, um uns mit selbst angebautem Gemüse versorgen zu können. Das war auch bitter nötig, denn das Einkommen meines Vaters bei den amerikanischen Besatzungstruppen war nicht hoch genug.

Ich gewöhnte mich langsam an die neue Umgebung. Das Haus, in dem wir jetzt lebten, bildete eine optische Einheit mit dem Bauernhaus unseres Vermieters. Beide Häuser verband ein grob gepflasterter Hof mit einem alten Brunnen und dem schon erwähnten großen alten Walnussbaum. Rechts neben unserem Haus befanden sich noch ein leeres Stallgebäude und die unbenutzte Scheune. Ich fand es gemütlich hier, richtig anheimelnd.

In dem Bauernhaus neben uns lebte nicht nur der angsteinflößende Vermieter, sondern auch Vroni, seine runde, gemütliche Frau, und vor allem seine Adoptivtochter Anita und seine leibliche Tochter Jetta.

Anita, die ältere der beiden Mädchen, wurde meine erste Freundin. Sie war zwei Jahre älter als ich und hatte eine sehr interessante Besonderheit: Sie glich meiner Negerpuppe, denn sie war dunkelhäutig. Nicht ganz dunkelbraun, aber schon so wie Milchschokolade. Ich war fasziniert und mochte sie auf der Stelle; sie war über ihr reizvolles Äußeres hinaus ein sehr liebes und ausgeglichenes Mädchen.

Die intolerante Bevölkerung des Ortes ging nicht gerade zartfühlend mit diesem sogenannten Besatzungskind um, dessen Erzeuger ein algerisch-französischer Besatzungssoldat war. Das Mädchen wurde gemieden, verhöhnt und beschimpft. Mir war dies alles zu diesem Zeitpunkt nicht bekannt und es wäre mir auch egal gewesen, denn ich fand Anita auf den ersten Blick sympathisch. Ich war glücklich, mit ihr spielen zu dürfen.

ZWERGSCHULE

Ich wurde wieder eingeschult, diesmal in eine ein-
klassige Dorfschule, eine Zwergschule. Nichts war
an dieser Schule fortschrittlich, weder der Lehrer noch
seine Methoden, ganz im Gegenteil. Sie hätten gut ins
vergangene neunzehnte Jahrhundert gepasst. Wir saßen
eingeklemmt an langen Schultischen, die aufklappbar
waren und mit den Bänken eine Einheit bildeten.

Mein neuer Lehrer war vergleichsweise alt und
herrschte mit absoluter Strenge über uns. Ich sah mit
Erstaunen, dass dieser Mann notfalls auch mit einem
nicht gerade dünnen Stock seinen Willen bei uns durch-
setzen durfte. Allerdings glaubte ich, dass ich als Mädchen nicht von diesem rigorosen Verhalten betroffen
sein würde. Was sich sehr schnell als Irrtum herausstellte.

Eines Tages, nachdem ich während des Unterrichts
der neben mir sitzenden Anita leise eine kurze Frage
gestellt hatte, sauste ohne Vorwarnung der Stock auf
meinen Rücken nieder. Ich bekam gar nicht so schnell
mit, was da passierte, saß konsterniert und entsetzt da.
Nicht die Schmerzen waren das Schlimme, sondern die
Tatsache, dass ein Fremder mich ungestraft schlug.

Ich berichtete zwar meiner Mutter von dem Vorfall,
doch es geschah nichts weiter. Ich hatte erwartet, dass
sie den Lehrer zur Rede stellen würde. Dass sie es nicht
tat, enttäuschte mich maßlos.

Den winzigen Schulhof mussten wir uns mit den Hühnern des Lehrers teilen. Einen meiner Mitschüler inspirierte ihre Anwesenheit zu einer besonderen Mutprobe: Er steckte sich etwas von dem überall herumliegenden Hühnerkot in den Mund und schluckte es herunter. Er fand diese Aktion wohl ganz besonders toll, wie auch fast alle übrigen Jungen, die ihn johlend umringten. Mir jedoch wurde schon vom Anblick speiübel.

Eines schönen Vormittags miaute während des Unterrichts etwas ganz jämmerlich auf der Fensterbank vor unserem Klassenfenster und wollte hinein. Es war meine kleine Katze, mein Muzel, der mir zur Schule gefolgt war und jetzt verlangte, zu mir gelassen zu werden.

Alle Schüler sahen nur noch fasziniert zum Fenster, statt sich auf den Unterricht zu konzentrieren, bis der Lehrer in den Klassenraum hinein fragte, ob die Katze jemandem von uns bekannt sei. Ich meldete mich schüchtern und sagte, es sei meine. Ich hätte ihm so viel Humor nicht zugetraut, aber er meinte freundlich grinsend, ich solle dafür sorgen, dass die Katze vom Fensterbrett verschwände. Was ich auch tat. Ich brachte meinen Muzel so schnell ich konnte nach Hause, um mich danach so unauffällig wie möglich wieder auf meinen Platz zu setzen.

Mein Interesse an allem, was mit Schule zu tun hatte, wurde mir in dieser Zwergschule fürs Erste ausgetrieben. Hier gab es ein völlig anderes Schulsystem, als ich es bisher kennengelernt hatte. Entsprechend schwach waren meine Leistungen, so schwach, dass der Lehrer meiner Mutter mitteilte, wenn sich nicht Entscheidendes änderte, müsse ich das erste Schuljahr wiederholen. Entgegen aller Vorankündigungen wurde ich dann doch in die zweite Klasse versetzt.

DAS KOMMUNIONKLEID

Mir machte Schule insgesamt keine besondere Freude mehr, denn der absolut autoritäre Unterrichtsstil in dieser Dorfschule behagte mir überhaupt nicht. Von meinem unbändigen Willen, lesen und schreiben zu lernen, war nicht viel übrig geblieben.

Weitaus mehr Spaß machte es mir, mit Anita zur katholischen Messe zu gehen und vom Pfarrer kleine bunte Heiligenbildchen geschenkt zu bekommen. Ich war eine fleißige Kirchgängerin, denn das Ritual und die Farbigkeit der katholischen Gottesdienste faszinierten mich und regten meine Phantasie weitaus mehr an, als der Schulunterricht es je vermocht hätte.

Dies dauerte so lange, bis mir eines schönen Tages während der Messe vom reichlichen Weihrauchschwenken der Messdiener übel wurde und ich kurz davor war, mich zu übergeben. Von da an ging ich nur noch selten mit meiner Freundin zur Messe, jedoch fesselte mich weiterhin alles, was mit dem katholischen Glauben zusammenhing.

Besonders hatte es mir die heilige Kommunion meiner Freundin Anita angetan. Sie bekam für diesen Anlass ein langes weißes Kleid, dazu ein weißes kleines Spitzentuch, in dem sie eine weiße Kerze halten sollte. Da ihre Eltern sparsam mit Geld umgehen mussten, bot sich meine Mutter an, Anita dieses Kommunionkleid zu nähen. Meine Mutter hatte sich eine Nähmaschine gekauft, eine Pfaff mit Tretpedal, um sich selbst, meiner Großmutter und mir preiswert Kleidung nähen können. Das war auch bitter nötig, denn Kleidung hatten wir nur sehr wenig auf die Flucht mitnehmen können. Ich trug tagein, tagaus einen Trainingsanzug, der zwar ganz praktisch war, jedoch brauchte ich auch mal etwas zum Wechseln.

Da wir evangelisch waren, durfte ich selbstverständlich nicht zur Kommunion gehen, aber ich wollte auch so ein schönes weißes Kleid haben. Ich quengelte so lange herum, bis meine Mutter mir aus einem preiswerten weißen Stoff auch eines nähte. Am Tag der Kommunion stand ich vor unserem Haus, hatte mein wunderschönes weißes Kleid an und beobachtete neidvoll den Zug der Kommunionkinder, die samt Priester an unserem Haus vorbeizogen. Ich wäre auch gerne dabei gewesen.

Auch Fronleichnam war für mich ein absolutes Erlebnis. Schon einige Tage vorher wurden wir Kinder auf die Wiesen geschickt, um Blumen zu pflücken. Das war seinerzeit in der Eifel nicht schwierig, denn die Wiesen waren übervoll mit wilden Margeriten, die genauso groß waren wie ihre kultivierten Schwestern in den Gärten. Neben den Margeriten gab es noch eine Anzahl anderer Wildblumen, die wir pflücken konnten.

Die Blüten wurden einen Tag vor dem Fest von ihren Stängeln getrennt und auf der Prozessionsstraße zu einem Blütenteppich ausgelegt. Es sah beeindruckend aus. Am Fronleichnamssonntag schritt der Pfarrer, die Monstranz in seinen Händen, über diesen Blütenteppich, gefolgt von der Gemeinde.

Auch wenn ich es schade fand, dass all die schönen Blüten dabei zertreten und durcheinandergebracht wurden, war die Prozession ein unvergessliches Erlebnis für mich. Es machte mich stolz, dass ich dazu beigetragen hatte, den prächtigen Blütenteppich herzustellen. Ich fühlte mich dazugehörig, war Teil der Gemeinde. Nie wieder in meinem Leben hatte ich dieses Gefühl wie seinerzeit in der Eifel.

KLAPPERSTORCH

Mein Nachhauseweg von der Schule war denkbar kurz. Ich musste nur die Hauptstraße überqueren und hatte schon den großen gepflasterten Platz erreicht. Ich ging nie allein, immer war Anita bei mir.

Eines Tages nach dem Unterricht steckten ein paar unserer Mitschüler die Köpfe zusammen und blickten grinsend zu uns beiden hinüber. Ich merkte, dass etwas im Busch war, wusste aber nicht, was die Bengels vorhatten. Sie verfolgten uns beide über die Hauptstraße hinweg, obwohl sie für ihren Heimweg eine ganz andere Richtung einschlagen mussten. Zunächst riefen sie uns aus sicherer Entfernung Beschimpfungen zu. Kurz vor unserem Hof versuchten sie handgreiflich zu werden und uns zu verhauen. So schnell wir konnten, rannten wir auf den Hof und waren auf sicherem Terrain.

Ich hatte zum ersten Mal in meinem Leben zu spüren bekommen, wie es ist, diskriminiert zu werden. Anita hatte dies wegen ihrer dunklen Hautfarbe schon sehr oft erleben müssen, für mich, das Flüchtlingskind, war es eine neue Erfahrung. Ich empfand Hilflosigkeit, aber auch Wut über so viel Ignoranz und Dummheit.

Ich rächte mich auf meine Weise, die aber, wie sich herausstellte, nicht besonders klug war.

Nicht sehr lange nach diesem Vorfall berichtete einer der Burschen, der sich etwa in meinem Alter befand, stolz, er bekäme ein Geschwisterchen und dies brächte der Klapperstorch. Voller Verachtung erklärte ich herablassend, Kinder brächte selbstverständlich nicht der Klapperstorch, sie kämen aus dem Bauch der Mutter.

Das hätte ich nicht sagen dürfen in dieser strenggläubigen, rückständigen Gegend. Meine Mitschüler berichteten diese interessante Tatsache brühwarm zu Hause, und am nächsten Tag brach von Seiten der Eltern ein Sturm der Entrüstung los. Meine Mutter wurde attackiert, wie ich missratenes, verdorbenes Kind dazu käme, ihren Sprösslingen eine solche Ungeheuerlichkeit zu erzählen. Mutter musste sich bei den Eltern für mein Verhalten entschuldigen und sich selbst für ihre seltsamen Erziehungsmethoden rechtfertigen.

Als sich die Wogen der Entrüstung etwas geglättet hatten, erklärte mir meine Mutter, dass ich zwar durchaus Recht gehabt hätte, die Menschen hier auf dem Land aber mit solchen Wahrheiten nicht zurechtkämen. Insgesamt sei mein Verhalten etwas voreilig gewesen. Im Übrigen müsse man sich immer sehr genau überlegen, wann und wie man etwas sage und vor allem aus welchem Grund.

In der Schule gab es kein Nachspiel in puncto Tuscheleien und Hänseleien. Die Sache schien damit beendet zu sein.

Seltsamerweise war das, was ich getan hatte, nicht bis zum Ortspfarrer durchgedrungen, denn der fand sich nach wie vor bei meiner Mutter zu einem Schwätzchen ein.

KUHTRIEB
MIT KONSEQUENZEN

Der Pfarrer hatte es nicht weit bis zu uns, er musste nur um die Ecke gehen, sein Pfarrhaus stand in Sichtweite. Bei den Gesprächen, die er mit meiner Mutter führte, ging es beileibe nicht um Dinge des Glaubens, es waren ganz normale Gespräche, die sich um alles Mögliche drehten. Er hatte wohl gemerkt, dass er mit Bekehrungsversuchen bei ihr kein Glück hatte. Ich nahm dies nur ganz am Rande zur Kenntnis, denn ich war gewohnt, dass meine Mutter Menschen anzog wie ein klebriges Fliegenband.

Ich spielte mit Anita und ihrer Schwester Jetta lieber im Schuppen neben ihrem Haus Mutter und Kind. Unsere Einrichtung bestand aus Kartoffelsäcken, und unser Geschirr besorgten wir uns auf der örtlichen Müllkippe, die sich an der Nims, einem schmalen Flüsschen, befand. Beides war nicht weit von unserem Haus entfernt, wir mussten lediglich eine Wiese überqueren. Während wir unsere Utensilien zusammensuchten, kreiste über uns bedrohlich der Mäusebussard, vor dem wir keinen geringen Respekt hatten.

Wir nahmen uns Scherben von zerbrochenen Tellern mit oder Tassen mit Sprung und trugen diese Schätze in unseren Schuppen. Natürlich war es strikt verboten, zur Müllkippe und an die Nims zu gehen. Aber wir machten es heimlich, so dass die Erwachsenen nichts davon mitbekamen.

Anita durfte nicht jeden Tag mit mir spielen, sie musste auch auf dem elterlichen Hof mitarbeiten, wie alle Bauernkinder seinerzeit. Die Nachmittage, an denen sie ausschließlich mit mir spielen durfte, waren selten. Meist musste sie den Stall ausmisten oder dem Vieh, den Kühen, Schweinen und Hühnern zu fressen geben. Im Sommer trieb sie die Kühe auf die Weide und brachte sie abends wieder zurück in den Stall.

Gelegentlich durfte ich sie auf dem Viehtrieb begleiten. Allerdings sollte ich, bevor ich dies tat, meiner Mutter Bescheid sagen, da wir eine äußerst stark befahrene, vor allem von amerikanischen Soldaten frequentierte Straße überqueren mussten.

Eines Tages stach mich der Hafer und ich sagte meiner Mutter nicht, was ich vorhatte. Wir marschierten einfach mit den Kühen los und trieben sie auf die Weide. Keinen Gedanken verschwendete ich an meine Mutter und ihre möglichen Sorgen.

Nachdem wir mit den Kühen die Hauptstraße und unsere Schule passiert hatten, mussten wir an einer unbenutzten, schon halb verfallenen Scheune vorbei. Von diesem Gebäude ging das hartnäckige Gerücht, es hielte sich dort ein dubioser Landstreicher auf, der eine Menge auf dem Kerbholz hatte. Wir gruselten uns schrecklich und trieben die Kühe so schnell wie möglich daran vorbei, die Scheune immer schön im Blick behaltend, um vor möglichen Überraschungen sicher zu sein.

Den ganzen Tag blieben wir mit den Kühen auf der Weide. Spätnachmittags nach dem Heimtrieb empfing mich meine Mutter ziemlich aufgelöst und mit drohendem Blick. Ich ahnte schon, dass es etwas setzen würde, und hatte Recht damit.

Es passierte nur ganz selten, aber diesmal wurde ich nach Strich und Faden mit einem kleinen Teppichklopfer vertrimmt. Das nahm ich meiner Mutter lange sehr übel. Ich verstand überhaupt nicht, warum sie sich so aufregte, denn ich war ja nicht allein über die Straße gegangen, sondern in Begleitung meiner Freundin Anita und vor allem zusammen mit zwanzig Kühen. Was hätte mir dabei schon passieren können?

Ich begriff nicht, worum es meiner Mutter ging. Ihr Einfluss auf mich wurde kleiner, und dies wollte sie mit allen Mitteln rückgängig machen.

Ich hatte dort in der Eifel so viel Freiheit wie noch nie zuvor in meinem Leben und kostete sie weidlich aus. Ich gewann an Selbstständigkeit, Sicherheit und Selbstvertrauen. Kurz, der Aufenthalt auf dem Land tat mir unerhört gut.

»Ull Sau«

In unserem Haus gab es neben uns noch eine andere Mieterin, die mit ihrer erwachsenen Tochter das Dachgeschoss bewohnte. Bei den beiden Frauen handelte es sich um die Schwester und die Nichte des Zahnarztes, unseres Vormieters. Besonders die Mutter, eine außerordentlich dreiste und selbstbewusste Frau, hatte nicht den besten Ruf in dem kleinen Ort. Es hieß, sie hätte, sämtliche Konventionen außer Acht lassend, mit ihrem Liebhaber, von dem auch die Tochter stamme, jahrelang in Sünde – sprich: unverheiratet – zusammengelebt. Ein absoluter Skandal in dieser Gegend. Dieser Lebenswandel wurde mit dem einer käuflichen Frau, einer Hure, gleichgesetzt.

Hinter vorgehaltener Hand wurde unsere Nachbarin allgemein nur »Ull Sau« genannt. Die direkte Konfrontation wurde tunlichst vermieden, denn sie war verbal durchaus auf der Höhe und darüber hinaus als Schwester des örtlichen Zahnarztes zusätzlich geschützt.

Nur ein Mensch traute sich, in die Offensive zu gehen, und dies war die zweijährige Jetta, die Schwester meiner Freundin Anita. Sobald Jetta dieser Frau ansichtig wurde, begann sie mal lauter, mal leiser »Ull Sau« zu zischeln oder zu rufen. Sie machte sich einen Spaß daraus und wurde von niemandem daran gehindert, ganz im Gegenteil, es wurde stillschweigend geduldet. Das Kind sagte laut, was alle dachten.

DER ANGEKNABBERTE
OSTERHASE

Vor dem zweiten Osterfest, das wir im Westen er-
lebten, begann ich aus irgendwelchen Gründen,
die ich heute nicht mehr nachvollziehen kann, unsere
Schränke nach versteckten Ostergeschenken zu durch-
wühlen. Ich muss wohl unbeabsichtigt eine Unterhal-
tung meiner Eltern mitbekommen haben, die sich um
Schokoladenostereier und Osterhasen drehte und aus
der ich schloss, dass nicht nur ich, sondern auch meine
Nichte Birgit in Berlin diese angekündigten Präsente
bekommen sollte. In meiner Eifersucht glaubte ich,
sie bekäme mehr und vor allem größere Geschenke
als ich. Und tatsächlich stieß ich bei meiner Suche auf
einen etwa fünfzig Zentimeter großen Schokoladenhasen.

Zunächst war ich einfach nur baff. Mein erster
Gedanke war: »Den soll bestimmt Birgit bekommen.«
Und der zweite: »Davon will ich auch etwas abhaben!«
Jeden Tag schlich ich zum Schrank, schob das Stan-
niolpapier beiseite und knabberte mich tiefer und tiefer
in den Hasen, bis ein nicht zu übersehendes Loch in der
Schokolade klaffte.

Der Ostersonntag kam heran, und meine Angst vor
der Entdeckung meiner »Schandtaten« wurde immer
größer. Ich schlich mit eingezogenem Kopf durch die
Wohnung und erwartete, dass jeden Moment ein Don-
nerwetter auf mich niedersauste. Ich konnte mir nicht

vorstellen, dass meine Eltern nichts gemerkt hatten. Aber die erwartete Reaktion blieb aus.

Wie immer sollte ich die versteckten Schokoladeneier suchen und tat es, als sei nichts geschehen. Ich fand meine Ostereier und in einem Nest auch den verschandelten, angebissenen Osterhasen.

Da nahm ich all meinen Mut zusammen, ging zu meiner Mutter und fragte sie scheinheilig, ob denn dieser Hase nicht für Birgit bestimmt gewesen sei. Meine Mutter antwortete mit harmloser Miene, nein, Birgit hätte einen kleineren Schokoladenhasen bekommen. Es hätte schon seine Richtigkeit, und ob denn irgendetwas mit dem Hasen nicht in Ordnung sei?

Da sprudelte mit einem Mal alles, was mich belastet hatte, aus mir heraus wie aus einem gestauten See und ich war unwahrscheinlich froh, es los zu sein. Meine Mutter schien das Ganze sehr zu amüsieren, denn sie fragte mich, wie ich darauf gekommen sei, dass dieser Hase nicht für mich bestimmt gewesen sei. Darauf hatte ich keine plausible Antwort, und wir beließen es dabei.

Eines Tages im Frühsommer sah ich etwas Kleines, Rundes, Pelziges in der dämmrigen Ecke unseres Hausflurs liegen. Ich ging zu dem wunderhübsch aussehenden Etwas und wollte es in die Hand nehmen. Aber ich ließ es sofort wieder los, denn es hatte mich gestochen.

Weinend lief ich zu meiner Mutter und streckte ihr meinen höllisch schmerzenden Finger entgegen. Die hatte ziemlich schnell begriffen, dass es etwas Bienenartiges sein musste, das mich gestochen hatte. Sie versorgte meinen Finger und ging mit mir zu der Stelle, wo es passiert war. Dort saß noch immer dieses stechende, aber wunderschöne Wesen. Meine Mutter identifizierte es als Hummel und meinte lapidar, das nächste Mal wüsste ich, dass ich die Finger von Hummeln und ähnlichen Insekten zu lassen hätte.

PETERSILIENVERKAUF

Im zeitigen Frühjahr hatte meine Mutter Petersilie gesät. Im Mai zeigte sich, dass diese Petersilie wohl zu üppig spross und wir sie nicht allein würden verwerten können. Also kam ich auf die Idee, mit Anita zusammen Petersilie zu verkaufen. Aus zwei Schemeln und einem Brett bauten wir uns einen Verkaufsstand auf unserem Hof. Die Petersilie banden wir zu Sträußchen und legten sie auf das Brett. Dazu schrieben wir in ungelenker Schrift Preisschilder und warteten auf Kundschaft.

Wir warteten, warteten und warteten unendlich lange, aber niemand außer meiner Mutter kam vorbei und fragte, was wir da trieben. Enttäuscht und mit langen Gesichtern erzählten wir es ihr. Meine Mutter machte uns darauf aufmerksam, dass es schwer werden würde, hier, wo fast jeder einen Garten besaß, Petersilie zu verkaufen. Wir ließen uns schließlich überzeugen und bauten unseren Verkaufsstand wieder ab.

Eines Tages bekam ich irgendwie spitz, dass auf einem Bauernhof in unserer Nähe ein Schwein geschlachtet werden sollte. Wie magnetisiert schlich ich mich in die Nähe und sah aus sicherer Entfernung zu, wie das Schwein geschlachtet, entblutet und zerlegt wurde. Ich beobachtete den gesamten Vorgang eigentlich ohne Emotionen mit kühlem Interesse. Allein der unangenehme Geruch des Blutes, der Gedärme und des frischen, noch dampfenden Fleisches brachte mich schließlich dazu, das Weite zu suchen.

Ein paar Wochen später war ich wild entschlossen, meiner Freundin Anita endlich einmal bei ihrer täglichen Stallarbeit zu helfen. Wieder einmal vergaß ich, vorab meine Mutter zu informieren.

Zu Anitas Aufgaben gehörte es, den Kuhstall zu entmisten. Dabei wollte ich ihr helfen. Ich tat es, so gut ich konnte, bis meine Freundin auf die Idee kam, nicht nur einfach den Kuhmist zu entfernen und auf eine Schubkarre zu schaufeln, nein, der Boden sollte wie geleckt aussehen. Also wollte sie ihn wie in einer Wohnung schrubben und aufwischen.

Ich war Feuer und Flamme. Wir stürzten uns in dieses Vorhaben, bis der Stallboden so sauber wie nur irgend möglich war. Müde und glücklich über das Erreichte machte ich mich auf den Weg nach Hause.

Meine Mutter fing mich gleich an der Haustür ab und wollte wissen, wo ich so lange gesteckt hätte. Sie betrachtete mich leicht angewidert von oben bis unten, fragte, warum ich so schmutzig sei und vor allem, warum ich meine Hauschuhe so verdreckt hätte. Stolz erklärte ich ihr, was ich getan hatte, und berichtete, dass der Kuhstall jetzt blitzblank sei. Sie meinte spöttisch, wenn ich wieder einmal vorhätte, einen Kuhstall aufzuwischen, dann sollte ich es ohne Hausschuhe tun.

GEKLAUTE
SCHNEEGLÖCKCHEN

Im Januar 1956 fiel Schnee, und zwar eine ganze Menge. Schnee war für mich an sich schon eine tolle Sache, denn allzu viel hatte ich davon mit meinen sieben Jahren noch nicht erlebt. Dass dieser Schnee mit einem richtigen Spaß, dem Schlittenfahren, verbunden sein konnte, lernte ich auch in Alsdorf.

Die Rodelbahn war die Straße, an der wir wohnten. Sie war abschüssig genug, um Schwung zu bekommen. Mein Vater besorgte Anita, Jetta und mir einen alten gebrauchten Holzschlitten, mit dem wir immer und immer wieder die Straße hinunterrodelten, bis wir müde und unsere Klamotten nass waren. Da nicht viel Ersatzkleidung zum Wechseln vorhanden war, war damit die Rodelei für diesen Tag vorbei. Niemand störte uns bei unserem Tun, auch keine Autos, denn davon gab es auf dem Land in den fünfziger Jahren nur wenige.

Im Januar begannen Schneeglöckchen zu sprießen. Sie wuchsen wild an Straßen und Feldrändern und auch in den Vorgärten der Häuser. Für mich machten die jeweiligen Standorte keine großen Unterschiede – und wenn, dann kümmerten sie mich nicht. Am üppigsten wuchsen die Schneeglöckchen ganz in unserer Nähe, vor dem Haus des Pfarrers. Ich fand sie so schön, so verlockend, dass ich mich aufmachte, um meiner Mutter davon ein Sträußchen zu pflücken. Alles um mich herum war mir völlig egal, nur das Objekt meiner Begierde war von Interesse.

Als ich meiner Mutter mit strahlenden Augen den Strauß überreichte, fragte sie misstrauisch, woher die Schneeglöckchen denn kämen. Mit harmloser Miene deutete ich die Straße hinunter. Dort unten um die Ecke, in der Nähe der Nims vor einem Haus hätten sie gestanden, antwortete ich ganz unbefangen. Meiner Mutter schwante nichts Gutes. Sie bohrte weiter: »Standen sie etwa vor dem Haus des Pfarrers?« Ich zögerte mit der Antwort. Ja, dort hätten sie gestanden und es seien unglaublich viele gewesen.

Ich hatte zwar gewusst, dass es der Vorgarten des Pfarrhauses gewesen war, aber mir war nicht bewusst, etwas Unrechtes getan zu haben. Meine Mutter grinste vor sich hin und meinte, das nächste Mal solle ich nicht gerade dem Pfarrer die Schneeglöckchen wegpflücken. Wenn ich dabei erwischt würde, könne es unangenehm für mich werden.

Ebenfalls im Winter 1956 tat mir plötzlich meine linke Pobacke so weh, dass ich in der Schule auf der harten Schulbank kaum noch sitzen konnte. Ich wusste nicht, woher die Schmerzen kamen, und zeigte meiner Mutter meinen Po. Die diagnostizierte ein Geschwür und schlug vor abzuwarten, bis es von selbst aufginge – was es aber nicht tat.

Die Geschwulst wurde größer und größer und schmerzte bei jeder Bewegung. Ich konnte, was ich irgendwie gar nicht so übel fand, nicht mehr zur Schule gehen, da ich vor lauter Schmerzen nicht mehr sitzen konnte. Das Ding an meinem Hintern war jetzt richtig dick und fast blau-schwarz. Es hatte sich zum Furunkel entwickelt. Ich konnte nur noch auf dem Bauch liegen oder herumlaufen, Sitzen war unmöglich.

Das Ding an meinem Allerwertesten wollte nicht verschwinden. Meiner Mutter blieb nichts anderes übrig, als den Arzt zu rufen. Er kam am Abend, begutachtete meine Rückseite und meinte, es sei höchste Zeit, etwas zu unternehmen. Dann öffnete er das Furunkel mit einem Skalpell. Ein kurzer Schnitt – aber es tat höllisch weh! Dann zog und drückte er den Eiter heraus.

All das musste ich ohne örtliche Betäubung dulden, denn an dergleichen war seinerzeit überhaupt nicht zu denken. Am Ende der Prozedur bekam ich ein schönes Pflaster auf den Podex und durfte noch einen Tag von der Schule zu Hause bleiben.

Muzel, der Dritte

Es war schon alles ganz anders hier in der Eifel, darunter auch die Sprache, der Dialekt. Zunächst hatte ich große Probleme zu verstehen, was gemeint war, wenn Vroni ihre Tochter Jetta fragte: »Hast du mal wieder in die Büx geknallt?« Was sollte ich mir darunter vorstellen? Es bedeutete ganz einfach, ob sie sich mit ihren zwei Jahren wieder einmal in die Hose gemacht hatte.

Als Jetta mich fragte, ob ich von ihr ein paar Grünkrischeln (Stachelbeeren) haben wolle, musste ich ebenfalls passen. Ich tat einfach so, als hätte ich die Frage überhört. Zunächst dachte ich, das kleine Kind hätte noch Probleme, sich korrekt zu artikulieren. Rotkrischeln nannte man Kirschen und Blaukrischeln waren Blaubeeren. Und »komm bei mich bei« bedeutete nichts weiter als »komm bitte zu mir«. Und so ging es endlos weiter. Ich musste wohl oder übel das Vokabular des Eifeldialektes lernen.

Als die einzige Zuchtsau der Fehrings, Anitas Eltern, ferkeln sollte, war ich ganz aufgeregt, denn ich wollte zusehen, wie die kleinen Ferkelchen aus ihrer Mama herausrutschten. Meine Mutter war im Prinzip einverstanden. Aber die Natur machte mir einen Strich durch die Rechnung. Es gab Komplikationen, und die Geburt der Ferkel zog sich endlos hin, bis in die Nacht. Meine Mutter, die von den verzweifelten Fehrings zu Hilfe gerufen worden war, erzählte mir am nächsten Morgen, dass kein Ferkelchen überlebt hatte und die Muttersau wegen eines Gebärmuttervorfalls geschlachtet werden musste. Dies war für die Fehrings ein herber finanzieller Verlust, denn es ging ihnen wie vielen Bauern in der Eifel wirtschaftlich nicht gut.

Für mich war es eine Riesenenttäuschung, denn ich hätte für mein Leben gern kleine niedliche Ferkelchen gesehen.

Die Zeit in der Eifel war zwar insgesamt eine sehr schöne und interessante Zeit, aber sie war nicht frei von Leid. Eines Tages im Spätfrühjahr 1956 war mein Kater Muzel verschwunden, wie vom Erdboden verschluckt. Ich suchte ihn verzweifelt, doch ich fand ihn nicht – zum Glück. Meine Mutter entdeckte ihn ein paar Tage später tot im Holzschuppen. Er muss wohl Rattengift gefressen haben. Ich trauerte sehr um meinen geliebten Kater und war untröstlich.

Meine Mutter, der meine Trauer das Herz zerriss, besorgte mir einen anderen kleinen Kater. Es wurde Muzel, der Dritte. Alle drei »Muzels« waren getigerte Katzen, der Dritte hatte jedoch das hellste Grau und mehr weiße Flecken als seine beiden Vorgänger.

Ich war absolut hingerissen von der niedlichen tollpatschigen Babykatze. Da es seinerzeit noch keine Katzennahrung in Dosen und Tüten gab, fütterten wir sie zunächst mit Milch und später dann mit Milchbrei. Dieser von meiner Mutter gekochte Brei war dem hungrigen und außerordentlich gierigen Muzel meist zu heiß. Er betrachtete das sich ihm auf unangenehme Weise widersetzende Futter als seinen persönlichen Feind und schlug erbost mit seiner Pfote hinein. Später, als er größer war, versorgte er sich selbst mit Futter und fing sich Mäuse und Ratten, wie es alle freilaufenden Katzen seinerzeit taten.

Die zerbrochene
Reissschiene

Mein Vater konstruierte und zeichnete gelegentlich zu Hause Baupläne. In Ermangelung eines eigenen Arbeitsraumes hatte er sein Reißbrett im Wohnzimmer aufgebaut. Trotz allem legte er großen Wert auf ungestörtes Arbeiten. Niemand durfte seinen Bauplänen zu nahe kommen, und jeder in der Familie hielt sich daran, schon aus eigenem Interesse, denn er konnte ziemlich ausrasten, wenn es doch jemand versuchte.

Nur mein kleiner Muzel wusste nicht, was ihm blühen konnte. Er schlug unbekümmert seine Kapriolen, turnte herum und sprang auf alles, was erhöht war und von wo aus er nach Katzenart einen guten Überblick hatte. Dabei landete er plötzlich auch auf den Bauplänen meines Vaters. Die Pfoten meines Katers, nie ganz sauber, hatten hässliche Abdrücke auf dem weißen Bogen hinterlassen.

Mein Vater schäumte vor Wut. Er nahm seine Reißschiene, ein langes, T-förmiges Lineal, und drosch auf den Kater ein. Er versuchte es zumindest, aber es misslang. Inzwischen hatte Muzel sich schon in blinder Panik aus dem Staub gemacht und den Raum verlassen. Der Kater hatte nichts abbekommen, wohl aber die Reißschiene. Sie war bei der Aktion zu Bruch gegangen.

Die Abdrücke der Katzenpfoten ließen sich auch durch intensives Bemühen nicht wegradieren, mein Vater musste den gesamten Plan noch einmal neu zeichnen.

Von dem Tag an blieb der Raum verschlossen, wenn mein Vater arbeitete.

Wie schon beschrieben, neigte mein Vater gelegentlich dazu, im Übermaß dem Alkohol zuzusprechen. Er musste nicht viel trinken, um betrunken zu sein. Und es gab Phasen in seinem Leben, in denen er nicht wusste, wann er genug hatte.

Ich erfuhr dies zum ersten Mal mit vier oder fünf Jahren in Berlin, als er eines Abends viel zu spät und sturzbetrunken nach Hause kam. Die Reaktion meiner Mutter kam prompt. Wutentbrannt nahm sie nach einem kurzen verbalen Gewitter ihre und meine Matratze samt Bettzeug und deponierte beides auf dem Boden unseres Esszimmers. Es sollte Protest und Strafe in einem sein. Außerdem wollte sie sich und mich, die ich bei meinen Eltern im Schlafzimmer schlief, nicht die ganze Nacht den Alkoholdünsten meines Vaters aussetzen. Es war die erste von so einigen Nächten, die ich auf diese Weise verbrachte.

Dieses erste Mal fand ich noch spannend. Im Dunkeln sah ich Muzel den Ersten über unser Vertiko geistern. Es gruselte mich schon, aber da meine Mutter bei mir war, hielt sich meine Furcht in Grenzen. Vor Müdigkeit fielen mir schließlich die Augen zu.

In der Eifel war es dann wohl mal wieder so weit. Der innere Druck, der sich bei meinem äußerst sensiblen Vater aufgebaut hatte, entlud sich in einem Übermaß an Bierkonsum. Es geschah auf einem Betriebsfest, das er mit seinen Kollegen feierte. Spätabends brachten ihn einige dieser Kollegen mit dem Auto nach Hause. Auch sie schienen nicht mehr ganz nüchtern zu sein. Ich wurde von einem lautstarken Gehupe vor dem Haus geweckt.

Mein Vater, augenscheinlich der Betrunkenste in der Runde, versuchte aus dem Auto zu steigen, was ihm nur mit größter Mühe gelang. Als er sich dann endlich außerhalb des Wagens befand, dabei aber mit den Händen an der offenen Wagentür abstützte, schloss einer der Männer im Inneren die Tür, ohne auf die Hände meines Vaters zu achten. Schnell wurde die Tür wieder geöffnet – aber zu spät, einige Finger seiner linken Hand waren gequetscht und bluteten ziemlich stark.

Ich sah meine zunächst abwartend in der Haustür stehende Mutter eilig zum Wagen laufen, um meinen Vater in Empfang nehmen. Der schien jedoch so betrunken zu sein, dass er noch gar nicht mitbekommen hatte, was mit ihm passiert war. Jedenfalls schien er keine Schmerzen zu haben. Während meine Mutter die verletzte Hand versorgte, sauste eine Schimpf- und Vorwurfskanonade auf ihn nieder.

Auch davon wird er in seinem stark angetrunkenen Zustand nicht viel mitbekommen haben. Es schockte mich ziemlich, meinen Vater in diesem desolaten Zustand zu sehen. Mein bis dahin weitgehend heiles Bild von ihm hatte erste Risse bekommen.

ZIRKUSBESUCH

Zu meinem siebten Geburtstag hatten mir meine Eltern einen Puppenwagen aus massivem Holz besorgt. Ich hätte natürlich lieber meinen Korbpuppenwagen aus Ostberlin gehabt, aber den, obwohl vor der Flucht in West-Berlin deponiert, schickte mir niemand. Also musste ich mich mit dem alten Puppenwagen begnügen, den ich zu Anfang misstrauisch beäugte, denn er hatte eine peinliche und lautstarke Eigenart: Er quietschte beim Fahren wie verrückt.

Meiner Freundin Anita machte diese Macke überhaupt nichts aus. Sie war hin und weg, durch mich an einen Puppenwagen gekommen zu sein. Nachdem ich mich an das Quietschen gewöhnt hatte, überredete mich Anita zu einer Spazierfahrt durchs gesamte Dorf. Wir marschierten also mit dem lautstarken Gefährt, in dem die Negerpuppe lag, über holperndes Kopfsteinpflaster. Es war nicht einfach, einen schweren Holzpuppenwagen über diesen Untergrund zu schieben, aber wir hielten es tapfer durch. Auch die scheelen Blicke der Dorfbewohner hielten wir standhaft aus. Dies blieb allerdings eine einmalige Aktion, zu einer zweiten Ausfahrt hatte ich keine Lust mehr.

Im Sommer 1956 hatte meine Mutter Zirkuskarten für den Zirkus Althoff besorgt, der in Bitburg gastierte. Ich konnte den besagten Tag kaum erwarten. Ich war zwar in Ost-Berlin auf einem Rummel gewesen, aber noch nie in einem Zirkus.

Der Rummelbesuch war seinerzeit voll in die Hose gegangen – beziehungsweise in die Reverstasche meines Vaters. Auf meine Quengelei hin bekam ich damals eine Riesenbockwurst, denn ich aß nichts lieber als Bockwürste. Danach wollte ich unbedingt Kettenkarussell fahren. Also fuhr mein Vater mit mir Kettenkarussell. Diese Fahrt hatte ich mir nicht so schnell vorgestellt. In rasender Geschwindigkeit sauste ich durch die Luft, so dass ich kaum etwas unten auf dem Boden erkennen konnte. Mir wurde schwindelig und kotzelend. Nachdem wir wieder sicheren Boden erreicht hatten, nahm mich mein Vater tröstend und beruhigend auf seinen Arm. Das hätte er besser nicht tun sollen, denn sofort ergoss sich mein Mageninhalt – die gesamte Riesenbockwurst – auf sein Jackett und besonders in seine Reverstasche. Das Jackett musste gereinigt werden, was damals eine komplizierte und teure Angelegenheit war.

Auf den Zirkusbesuch freute ich mich nun sehr, ohne genau zu wissen, was Zirkus eigentlich bedeutete. Ich hatte nur eine vage Vorstellung davon. Die Realität übertraf dann meine Phantasie bei Weitem, es war einfach umwerfend.

All die artistischen Attraktionen, der Löwendompteur, die Clowns, darunter auch ein weiblicher, die Mutter Caterina Valentes, und vor allem, was mich am meisten beeindruckte, der Tanz auf dem Hochseil. Es begann sofort in mir zu arbeiten. Das wollte ich auch können! Es sah so einfach aus, das konnte ich bestimmt!

In den Tagen darauf bemühte ich mich, mein Vorhaben in die Tat umzusetzen. Ich besorgte mir zunächst ein Seil und versuchte, es zwischen zwei feste Punkte zu spannen. Dies erforderte meine ganze Konzentration und Energie. Als ich es geschafft hatte, betrachtete ich mein Werk und überlegte, wie ich auf das Seil hinaufkommen könnte. Dies war komplizierter, als ich gedacht hatte, denn immer wenn ich von einem Hocker aus auf das Seil treten wollte, wurde das Seil schlapp und löste sich an einer Seite der Befestigung.

Ich ließ nicht locker, denn ich wollte unbedingt Seiltänzerin werden. Doch irgendwann, nach vielen vergeblichen Versuchen, gab ich es auf, das Seil so hoch zu spannen. Ich legte es auf den Boden, balancierte darüber und stellte mir vor, ich sei auf dem Hochseil. Nach und nach gab ich mein Vorhaben, Hochseiltänzerin zu werden, ganz auf. Es war mir doch etwas zu mühsam.

Nicht lange nach diesem Zirkusbesuch eröffneten mir meine Eltern, dass mein Vater im Ruhrgebiet bei der Essener Bundesbahndirektion eine Stelle bekommen hatte und dass wir im Herbst in ein neu erbautes Hochhaus umziehen würden. Meine Zeit in der Eifel war also vorbei. Alles, was so schön und toll war, musste ich zurücklassen: meinen Muzel, meine Freundin Anita, mit der ich mich so gut verstanden hatte, einfach alles ...

Ich konnte es nicht fassen. Ich wehrte mich mit Händen und Füßen dagegen, das, woran mein Herz hing, verlassen zu müssen. Aber es nützte nichts. Dieser von Freiheit geprägte Abschnitt meines Lebens ging unwiderruflich dem Ende entgegen und ein anderer in der Großstadt begann.